GOBOOKS & SITAK GROUP©

GOBOOKS
& SITAK
GROUP©

三日月書版

三日月書版

輕世代
FW203
Residence of Monsters
妖怪公館の新房客
夜宴fighting！
8
NOVEL 藍旗左衽
ILLUST 謙
三日月書版

妖怪公館の新房客

《人物設定》

封平瀾

人類，曦舫國際學園高一新生。
極度樂觀，少根筋，經常搞不清楚狀況。
必須打工賺取學費生活費，使得個性上也有窮酸摳門的一面。
身兼多職導致易疲累，因此非常討厭休息時被打擾，有嚴重的起床氣。
有著手賤的毛病，熱愛肢體接觸。

百嘹

妖魔（魔蜂）。
長相俊美，心機深沉，總是帶著玩世不恭的笑容，因此極受女性歡迎。
輕佻的說話方式，讓人無法分辨其話語中是謊言還是真心。重度嗜吃甜食。
偽裝身分：學生

奎薩爾

妖魔（羽翼蛇），公館內眾妖之首。
孤高冷厲，長相英俊但萬年臭臉。對自己在妖魔界的主子雪勘皇子非常忠心。
討厭人類，但在封平瀾身上看見和自己主子相似之處，
所以不自覺對封平瀾產生微妙的好感，然後又因此感到生氣懊惱。
偽裝身分：校醫

墨里斯

妖魔（黑豹）。
火暴衝動，豪邁不羈。
個性好惡分明，喜怒形於色的硬漢。
喜歡鍛練身體，動作粗暴，常會弄壞東西。
私底下非常喜歡小動物。

希茉

妖魔（妖鳥）。
個性內向畏縮，瀏海蓋過半張臉，害怕與異性接觸。
私底下非常喜歡看重口味的少女漫畫和言情小說。

冬犽

妖魔（雪貂）。
溫柔木訥的好男人，被觸及地雷會變得非常恐怖。
喜歡做家事，有點潔癖，料理苦手。
缺點是愛亂花錢，對於家電和清潔用品毫無招架之力。
偽裝身分：學生

璁瓏

妖魔（龍）。
神經質小心眼又愛記恨的傲嬌一枚，
記憶非常好，腦中有人界和妖界的所有知識。
有搜集汽車火車模形的嗜好，但不管坐任何陸上交通工具都會暈車。
偽裝身分：學生

曇華
妖魔（花妖）。
個性謙卑拘謹，溫柔和善。
封印被海棠解開，從此忠心侍奉海棠。
海棠
人類，曦舫國際學園高一新生。
高傲的小少爺。
個性火爆易怒，好挑釁爭鬥，有時又容易鑽牛角尖、陷入彆扭之中。

伊格爾

人類，曦舫國際學園高一新生。
個性老實，木訥寡言，為人重義氣。
與契妖伊凡一同入學，因為極為相似的外貌，
一般被人誤以為是孿生兄弟。

伊凡

妖魔（???）。
個性狡黠任性，愛熱鬧，非常孩子氣。
自行選擇伊格爾訂立契約，並化為與伊格爾極為相近的外貌。
偽裝身分：學生

妖怪公館の新房客

目錄

Chapter1

是否曾經在進了電梯後發現被前人放的屁給陰了？

巨型郵輪在點點星空與粼粼海波中綻放著張狂炫目的光彩，宛若恆星。

船體頂端，高於甲板面最高的桅杆上，駐立著比夜色還深沉的孤高人影。一整片薄膜般的影陣擴散，由外側包圍著船體，彷若蜘蛛隔著網，悄悄地觀察、偵測著船內的動靜。

郵輪上充斥著嚴密的咒令和結界，警報咒語、束縛咒語、攻擊咒語……整艘船根本是偽裝成樂園的碉堡。

他靜靜地站在高處，居高臨下地看著在甲板上休閒區遊憩歌舞的遊客。人群裡，混雜著些許的微弱妖氣，有妖魔混雜在裡頭。

不只甲板，他偵測到至少有十來個妖魔偽裝成遊客，全都住在樓層較高的頂級套房裡。但船上的妖魔們非常謹慎，有意地隱藏蹤跡，雖然他可以感覺得到妖氣，但他無法確切地追蹤到來自何人。只能在對方偶爾使用妖力時，定位出概略的所在方向。

他已大致掌控了郵輪的情況——結界和咒語的分布，觸發的界限，以及妖魔們活動的位置。唯獨兩個地點讓他一無所獲。

其一是東側的一間頂級套房。那裡的結界非常嚴密且敏感，只要稍微提升一點點影陣的強度，就會觸發警報。

其二是六樓與七樓的內艙房區，位於船艙最中心處的內部空間。他可以感覺到那裡隱藏著某個東西，有著高階魔法使用過後的殘餘波動，但同時也被高階結界給封閉遮掩，使他無法感知到更多。

忽地，影陣傳遞來一波細小的騷動。

一道妖氣瞬間擴張，然後立即消失。速度太快，讓人幾乎難以察覺。

奎薩爾挑眉。

妖氣全然消失，代表有隻妖魔被消滅。

是他們的人下的手？但他沒有感覺到其他的妖力發動……

他轉頭望向妖氣消失的位置，大約是十二樓的溫泉水療區。

去看看吧……

當他正要縱身而下時，一陣不安感像是冷水一般，猛地衝擊他的心。

奎薩爾頓了頓。

他皺起眉，對於這股莫名的心悸感到困惑。

彷彿有某個東西不見了。某個重要的東西，被硬生生地從他的身邊抽離！

他曾經有過這樣的感覺，就那麼一次。十二年前自己被封印時，雪勘皇子離開的那一刻，他知道自己即將再也見不到他的主子——

奎薩爾的心臟再度跳漏了一拍，瞬間領會發生了什麼事。

——他感覺不到封平瀾。

封平瀾的存在感，在一瞬間從郵輪上消失！

溫泉水療區，專屬黑金級房客的個人更衣室。

「——你還是教我做翻糖蛋糕吧。」帶著笑意的熟悉嗓音，從百嘹的身後響起。

百嘹回過頭，在看見來者時，雙眸裡出現明顯的驚愕。

「清原謙行！」

「你好啊。」清原微笑，「很高興你還記得我的名字。」

「你怎麼會在這裡？」

「我正想問你同樣的問題。」

「我有任務在身。」百嘹直接開口，笑著反問，「你呢？」

清原的出現讓他感到意外，但對方算是自己人，即使可疑，但至少不是召喚師，沒有什麼威脅性。

「我也有任務在身。」清原故作高深地壓低嗓音，「我懷疑亞歷斯先生持有美味翻糖蛋糕的祕方，所以一路追來這裡打算偷學。」

百嘹盯著清原，似乎有點困惑。

「不好笑嗎？」清原苦笑。

「你……」

門外，走廊彼端傳來腳步聲，兩人同時警覺。

亞歷斯回來了？

百嘹沒料到對方會這麼快回來，正打算召出迷香時，被清原制止。

清原一手揪住了那正在凝聚妖力的手掌，接著側身，將擱在一旁矮架上的礦泉水順手抄起，拿到嘴邊，用牙齒咬住瓶蓋旋開瓶身，將水從自己頭上淋下，然後反手將剩下的水往百嘹頭上倒。

清原把空寶特瓶塞入一臉錯愕的百嘹手中，順手把置物櫃闔上，接著快速脫下上衣，隨手將濕衣服塞到角落，接著一個旋身，優雅地坐入梳妝檯前。

幾乎是同一時刻，門扉開啟。

推著置物推車的服務生輕步踏入房內，看了房內的兩人一眼，並不覺得有異，「您好，打擾了，請問需要補充盥洗用品或飲料嗎？」

「再給我兩條浴巾，和三瓶礦泉水。」清原面對著鏡子，向身後的人微笑開口。

「好的。」服務生走向另一旁的置物架，但架上已經有著乾淨的毛巾和兩瓶沒開封的水，「這裡還有毛巾和水，您需要再補嗎？」

「噢，對。我們等一會兒會很渴，而且需要擦好幾次身體。」

服務生看了清原和百嘹一眼，訓練有素地沒露出任何表情，掛著營業用的微笑，默默地從推車上取出水瓶和毛巾並放在架上，隨後恭敬退出，慎重關門。

清原鬆了口氣，「完美過關。」

百嘹將水瓶丟入垃圾桶，「你剛剛就知道來的是員工？」

「噢，我只是認為，亞歷斯應該會花更多時間騷擾女服務生，不會那麼快回來。」

事實上，當他聽見腳步聲時就判斷出是員工了。

進入溫泉的客人會換上膠質拖鞋，和穿著硬底包鞋的員工腳步聲不同。這是暗殺者的基本觀察力。

最重要的是，他很確定，亞歷斯先生絕對不會出現。

因為，此時的亞歷斯先生，正待在隔壁的個人更衣室中上了鎖的櫃子裡，被塞在他小小的、有如禮物盒一般的結界箱之中，安靜地長眠。

亞歷斯先生就像是意外的禮物。他原本在跟蹤倀貙，結果意外地發現了正仗著黑卡身分調戲女服務生的亞歷斯，恰好他想弄張黑卡來調查。

但更讓他驚喜的是，他發現亞歷斯不是人類。

他跟蹤著亞歷斯一路來到溫泉中心，然後在更衣室裡，兩人好好地促膝長談了一番——雖然他一開始就廢了亞歷斯的膝蓋以防對方逃跑，但整體而言，談話過程還頗愉快的。

亞歷斯告訴了他不少事，但也隱瞞了不少事。他很訝異，懦弱怕痛的亞歷斯受盡折磨，仍然死都不肯說出幕後主使和他們打算進行的計畫。

可見，亞歷斯先生的主子一定是個非常厲害的角色，不是非常慈悲，就是非常狠戾。

至少他知道了三件事。第一，他在船上還有十三個同伴，而倀貙不屬於那十三人之一。

第二，他們全是僭行者，不隸屬於任何召喚師。第三，這船歸「東尉」所管。

「東尉是誰？」清原扯了扯手中的鎖鍊。

「風之東尉……」亞歷斯奄奄一息地開口，妖化的身軀殘破不堪，布滿了藍色的血。

「他是你的主子？」

「不，他是人類，他——」亞歷斯忽地重咳，好像被自己的舌頭噎住一般，發出了幾陣悶塞的喘息聲，然後再也不動了。

清原搔了搔臉頰，拽起亞歷斯的頭顱，確定對方已經斷氣。

他下手有這麼重嗎？看來，太久沒拷問，有些生疏了吶……

清原拿出預備好的方盒，盒子外頭是典雅的和紙紋樣。接著以熟練的手法，將亞歷斯的遺骸塞到盒子裡。他割開自己的手指，在布滿血汙殘塊的地面上滴下自己的血。片刻，鮮紅的血像是黑洞般，把妖魔的血與肉吞沒蝕盡，最後只在地面上留下一點殷紅。

本打算直接離開，但來到出口時，他看見了百嘹。

出於某種連自己都無法理解的渴望，他默默退回更衣室，把亞歷斯先生藏好，然後躲在更衣室死角，等著百嘹現身。

他從來不是幽默風趣的人，但是看見那金色的身影，他竟然萌生了作弄人的念頭。然後他非常樂在其中。

感謝亞歷斯先生，這位仁兄真的帶給他很多驚喜。

此刻，在他面前的百嘹雙手環胸，金色的髮絲末端滴著水。

「既然知道是員工，何必弄溼自己還脫去上衣？」百嘹笑著質問。

「這是為了以防萬一，如果進來的是亞歷斯的熟人，我們可以假裝走錯更衣間的一般客人。」清原擦了擦頭髮，「當然，全裸的話會更有說服力。」

「這樣呀。」百嘹點點頭，笑著追問原本未完的話題，「所以，為什麼你會在這？」

清原停頓了一秒，「搭郵輪旅遊散心。」

他和百嘹一樣，也在出任務，只是他無法直接說出他的工作內容。

他是滅魔師，隱界裡的暗行者，只有將死之人有資格知道他的身分。

「噢，那還真巧呢。」百嘹笑了笑，接著轉頭，開啟置物櫃繼續翻找。

他從亞歷斯褲子後方的口袋裡翻出一張黑卡，接著拿出手機，拍下房卡的照片，然後放回褲袋中。

「這就是你的任務？」清原挑眉，「你們的任務真特別。」

「我們要調查擁有黑卡者的身分。」

「直接拿走不是更方便？」

「噢，這樣的話，亞歷斯很快就會發現他的房卡不見，接著他會詢問溫泉服務員，我就會被指認為小偷，然後被銬上手銬，關到內艙房裡直到靠岸。運氣不好的話，可能還會有個愛弄濕自己的赤裸室友。」

「你真的很風趣呢！」清原朗笑，讚許地拍了拍手，「如果不能直接拿走，那就這樣吧。」他接下百嘹手中的褲子，從口袋中抽出黑卡，然後捏住兩端，用力一掰。

「啪！」房卡從中斷裂成兩半。

百嘹挑眉，看著清原的一舉一動。

清原把一半房卡放回褲子口袋裡，另一半遞給百嘹。

「拿去。」

百嘹沒接下卡片，只是用一種異樣的眼光瞪著清原。

「房卡的晶片在下半部，亞歷斯還是可以使用它。你如果只是要編碼和通行的話，這樣就可以了。」清原握住卡片邊緣，在百嘹面前晃了晃。卡片只露出完好的上半部，讓人完全不會想到，隱藏在掌中的下半部是斷裂的。「以亞歷斯先生的臀圍而言，坐斷幾張卡片也不是什麼罕見的事。」

百嘹盯著清原片刻，嘴角勾起玩味的淺笑。

清原不自覺地跟著微笑。「怎麼了？」他說了什麼有趣的話嗎？

「只是來搭郵輪度假散心，嗯？」百嘹接下房卡，模仿著清原方才的手法，把斷了的卡片夾在手上。「神官家的少爺，涉獵的事物還真廣呢。」

清原的笑容微微一僵。

看來，他似乎有點得意忘形，做得太超過了……

他對外界的公開身分是繼承古老神社的少爺，他要如何解釋自己熟諳這些偷天換日的手段？

但百嘹只是笑了笑，收回黑卡，「你打算什麼時候穿上衣服？」

這態度讓清原略微訝異，「就這樣？」他以為對方會繼續追問的。

「每個人都有祕密。」百嘹看著房卡的斷裂處，「你的祕密會對我不利嗎？」

清原遲疑一下，「那得看你的祕密是否會危害到我。」

嚴格來說，他是所有妖魔的天敵，但他只對未登錄在案、或違犯規約的妖魔下手。目前他對百嘹無害，但他不確定日後百嘹是否會出現在他的暗殺名單裡。

「這答案讓人很不安……」百嘹的目光移到清原的胸膛，玩味地打量。

手機鈴聲適時地響起，百嘹拿出手機，上頭的來電顯示是冬犽，於是他走到外頭接聽。

趁這時候，清原以極快的速度打開置物櫃，拿出另一半房卡，收到口袋之中，然後躍回原位，從容地拿起衣服穿上，接著追上百嘹的腳步。

抱歉了，亞歷斯先生，暫時先寄放在這裡囉。

奎薩爾有如一道閃電，快速地在船艙內移動搜索。

大廳、甲板、餐廳、遊樂場、購物區，沒有，全都沒有。他不用踏入便可感覺到對方不在。

那傢伙負責哪個區域？和誰一起行動？

他不知道，因為他向來不屑團體行動，也不認為影校的那群召喚師和契妖是他的同伴。

他不需要配合對方，是對方需要他的能耐。

此刻，他卻突然憎恨起自己的我行我素。

船艙內到處是咒令，到處是結界，他不能使用任何妖力，不能打草驚蛇。只能親身一層一層、一步一步地探詢。

他覺得自己像是盲了眼的老鼠，被放在這寬廣的迷宮裡胡亂地找尋出路，處處碰壁。

踩著穩健而矯捷的步伐，奎薩爾穿過了廳廊，在客房區攔截到雪白的身影。

「他在哪？」他一個箭步向前，阻斷了推著推車、正要穿越長廊的冬犽。

冬犽對奎薩爾的出現感到驚訝，「你是指誰？」

奎薩爾微微一頓，以略帶猶豫的語氣，不太甘願地吐出三個字，「……封平瀾……」

冬犽更為詫異，但他非常識相地不動聲色，平靜地回答，「我不知道，他原本和希茉一起行動，但似乎分開了，怎麼了嗎？」

奎薩爾噤口不言。

他並不想告訴其他人自己感覺到封平瀾消失。甚至，他本人也尚未接受這一個事實。

他不想承認自己和封平瀾有所連結。

嚴格說來，這個感覺也非常抽象虛浮，根本不足以作為確切的證據。他怎能只憑著一時的感覺，就斷定對方出事？這太過荒唐，太過可笑。

但他更在意封平瀾的安危。

冬犽看出奎薩爾不願多談，便主動拿出手機，「等我一會兒。」

他撥打了封平瀾的電話，但電話未接通。他傳了訊息詢問其他人，片刻，收到了回應，「平瀾好像人在住房區，但不確定是哪一層樓。」

「他和誰一起行動？」

「他是獨自行動的，二十分鐘後會和班長他們會合。」

奎薩爾眉頭蹙起，冷峻的容顏出現了明顯的情緒——擔憂以及懼怕。

冬犽眨了眨眼，懷疑自己出現錯覺。他本想追問，但奎薩爾一個旋身，以迅雷不及掩耳的速度閃離了現場。

水滴落下。

七樓內艙房走道，憑空滴落了兩滴水。

接著，空曠靜謐的廊道上，空氣微微出現震蕩。在離地約兩米處的空間，閃起一點微光，周圍的影像瞬間扭捲，萃榨而出一滴水。水滴落下，化為通道的另一個出口，在墜地前拉曳出了一道人影。

連續空間轉移造成的暈眩感，讓封平瀾跌坐在地。

他攀著牆面，緩緩地站起身，深吸了口氣，左右打量了一番，發現自己又回到了船艙內。

真神奇啊……

他左右張望一陣，走道上只有他一個人。封平瀾不解地抓抓頭，然後對著空中揮了揮手。

「哈囉？蜃煬？」他小聲詢問，但沒有任何回應。

封平瀾沉思了一秒，接著輕聲哼歌，「蜃煬咧蜃煬咧蜃煬咧蜃煬咧呼叫蜃煬快出來～」

他小聲地在原地唱跳，想吸引蜃煬的反應，但走道上仍然一片靜默。

蜃煬叫他來這裡到底打算做什麼？感覺對方似乎很懊惱，是在懊惱什麼呢？難道只是因為不喜歡盆栽嗎？

他實在搞不懂蜃煬的思考模式。

封平瀾轉過身打算折返和同伴會合，但在繞過轉角時，撞上了一堵肉牆。

「啊！」

他抬起頭，只見一名髮絲黑金參雜、面容凶惡陰狠的男子，正冷冷地瞪著他。

封平瀾下意識地想逃，但他還是故作鎮定。「呃，非常抱歉……」這人是誰？七〇七的房客嗎？是綠獅子的人嗎？

倀貊盯著封平瀾，沉聲質問，「你穿的是美體中心的制服。」

「呃，是的！您真是慧眼獨具！」封平瀾決定裝傻，「先生您也想要來紓壓一下嗎？我們提供很多種按摩喔！一般的頭肩頸背大小腿，經絡疏通，甚至比較重口味的前列腺也──」

倀貊強勁的手掌冷不防地突襲，箝住了封平瀾的臉，直接阻絕他說話的嘴。

「你很吵。」倀貊冷冷開口，「我問什麼，你就答什麼，明白嗎？」

尖銳的指爪陷入了臉頰，封平瀾瞪大眼，不敢妄動，連忙點頭。

「為什麼來這裡？」

「我……」封平瀾飛快地思考，編造出萬無一失的藉口，「我聽說內廂房這裡沒人住，所以想來休息一下。」他卑微而惶恐地雙手合十，「拜託別告訴我主管，我會被開除的……」

儼然就是一個偷懶被抓到的小員工。

伥貊打量著封平瀾，確認對方只是個平凡人類，而非東尉的手下，便鬆開手。

他看到東尉從這層樓離去，他也知道內廂房區沒有住人，除了東尉。

船上有上千個房間，但東尉卻特地選擇住在這隱蔽的地方，而且此區的咒語和結界比其他區更為稠密，一個不小心便會觸動。

他很好奇，東尉在這裡藏了什麼東西。

「先生，如果沒事的話，我必須回去工作囉……」封平瀾悄悄地向旁跨了一步，打算開溜，但是還沒移動，手臂便被伥貊抓住。

「慢著。」伥貊揪住封平瀾，接著雙手搭在封平瀾的肩上，將他轉過身，背對著自己。

這舉動讓封平瀾驚恐不已。

「先、先生?!」

天啊！他要失身了嗎?!別啊！他剛才不該亂提什麼重口味按摩的！這下慘了！

「安靜，照著我的話做。」伥貊的恐嚇從封平瀾的身後傳來。「向前走。」

封平瀾抬起沉重的腳，照著伥貊的指示邁開步伐。

他並不知道伥貊拿他當肉盾。

伥狚一踏入六樓便感覺到，結界與咒語越靠近中心越為緻密。

他不確定觸發這些咒語的要素是什麼，這咒語似乎對一般人類不會起作用。但為了保險起見，他決定讓這倒楣的小子走在前頭，若有什麼閃失，至少有個緩衝。

「轉彎。」

封平瀾照做。兩人一前一後，緩緩地前進。

封平瀾很努力地把身軀向前頂，和伥狚拉開距離。他可不想貼近任何可疑的充血膨脹物。

「停。」

封平瀾抬頭，看著面前的房門。

門板上嵌著七〇七的浮雕。

這是蜃煬剛才要他去的房間……

「這是您的房間嗎？如果您的房卡弄丟的話，可以去大廳——」

「敲門。」伥狚加重手掌的力道。

封平瀾低聲哀呼，接著舉起手，朝門板上敲了幾記。

叩門聲在靜謐的走道顯得特別清晰。

沒有任何回應。

「先生？」

「繼續敲。」

封平瀾再度叩門。

數秒後，門鎖金屬的撞擊聲傳來，門扉緩緩地向內開啟。

一陣風從房裡頭吹出，不小的風。

封平瀾被風吹得瞇上了眼，向後退了一步，然後睜開眼眸。

門扉後方是個非常普通的房間玄關，房裡的燈是亮著的，但沒看到人。

「先生，您——」封平瀾轉過頭，發現倀貆的臉色變得很難看。「您還好嗎？」

倀貆把封平瀾甩向一邊，一手握著喉嚨，一手摀著嘴，發出沉悶混濁的抽氣聲，接著轉過身倉皇而逃。

封平瀾被推得跌坐在地，看著倀貆的背影，只覺得莫名其妙。

搞什麼啊……

忽地，一隻手出現在他面前。

封平瀾轉頭，順著手向上望。

一名黑髮少年站在他身邊。

一瞬間，封平瀾覺得自己的心臟跳漏了一拍。

少年對著封平瀾揚起友善的微笑，「你還好嗎？」

「喔，沒事。」封平瀾搭上了少年的手，站起身，「謝謝啊。」

他想抽回手，但是少年卻握著他不放。

「剛才是你敲門的嗎？」

「喔，對。」封平瀾尷尬地笑了笑，「剛才有個人好像弄錯房間，要我來幫他看一下，打擾到你真不好意思。」

少年還是握著封平瀾不放。

「那個，還有事嗎？」

「喔，抱歉……」少年鬆開了手，歉疚地低下頭，「我一個人待在這裡，很少遇到年紀相仿的人，所以……」苦笑，「我只是想找個人聊聊已。」

少年的眼眸裡，有著明顯的孤獨與落寞，還有著認命的無奈。

封平瀾認得那樣的眼神。

那樣的眼神，曾經出現在自己的眼中。

「噢！沒關係的！」出於同病相憐的悲憫，封平瀾伸出手，握住對方的手掌，用力地搖了搖。「我叫封平瀾，請多指教啊。」

少年握著封平瀾的手，片刻才放開。

「請問……可以陪我一會兒嗎？」

封平瀾遲疑了一秒，少年的眼中立刻浮現明顯的失望。

「抱歉，我忘了你正在工作。」少年再度道歉。

「沒關係啦！現在是我的偷懶時間哈哈哈。」封平瀾朗笑幾聲，豪邁地踏入房間中。

房間出乎意料地寬敞，茶几、沙發、桌子上堆滿了書，電視機旁放著一整套音響設備，CD散落在播放機上。但是房內沒有窗戶，不知是否是這個原因，使得房間給人一股封閉窒悶的感覺。

「哇，沒想到內廂房也這麼高級……」

房間裡迴響著清脆的樂聲，但聲音並非從音響發出。

封平瀾循聲望去，發現聲音是源自於床頭櫃的一個音樂盒。木製的盒身上雕著繁複的花紋，開啟的盒子裡有顆小小的水晶在旋轉，折射出耀目的虹光。

「你一個人住？」封平瀾打破沉默，開口詢問。

「不是。」少年倒了杯果汁，遞給封平瀾，同時發問，「你在這裡工作多久了？」

「其實才兩天而已，我是新人。」封平瀾從對方手中接下杯子，說著設定好的說詞。

「你是高中生嗎？」

「算是吧。」少年笑了笑，拉著封平瀾坐入沙發，「我沒有去上學，我在家自學。」

「哇，真酷。」

「學校有趣嗎？」少年反問。

「很有趣！」封平瀾回想起在曦舫的時光，不自覺地笑彎了眼。

「真好……」少年忽地垂眸，看起來帶了點哀怨。「我也想要決定自己該有的人生……」

封平瀾看出這話題讓少年感到憂鬱，便僵硬地轉移話題，「你的家人呢？」

「去忙了。」少年翻了翻桌上的書，「我不能離開這裡，頂多跑跑圖書室。」

「看來你的家人很保護你。」封平瀾羨慕地開口。

他的家人遠在國外，他完全不曉得家人的近況……

「或許是因為他怕我再死一次吧。」少年微笑，「不過我也沒得選擇就是了。」

封平瀾分不太出那是不是笑話。他看了看錶，和伙伴們相約見面的時間差不多了。

「我得走了。」

「好的。」少年起身，送著封平瀾走到門邊，「謝謝你陪我聊天。」

「別客氣。」封平瀾熱心地承諾，「有空的話我會再來找你的！」

「不用。」少年斷然拒絕。

「啊？」封平瀾微愣，以為自己聽錯。

少年淺笑，「因為我不一定會在房裡呀。」

「喔喔，說的也是。」

「再見。」少年站在門邊，向封平瀾道別，「希望還有機會見面。」

「再見。」封平瀾揮了揮手。在門板快要關上時，他趕緊開口，「對了，你叫什麼名字啊？」

門後的少年盯著封平瀾，片刻，漾起燦爛的笑容。

「小兵。」少年的笑容裡帶著得意，「那是哥哥幫我取的小名。」

封平瀾退出房間，匆忙地步向電梯。為了避免再度遇上方才的怪人，他刻意搭乘員工用的載貨電梯上樓。

看來蜃煬搞錯情報了，七〇七號房裡只有一個普通少年而已。

不過，為什麼那個怪大叔剛好也到七〇七號房?啊!該不會他早就打算染指房裡的少年吧?!太荒淫了!

「叮。」

電梯停止上升。但屏幕上顯示的並非他所前往的樓層。

厚重的電梯門開向右方收起。

黑色的頎長身影出現在門後。

封平瀾看見來者，驚喜不已，「奎薩爾?!」

奎薩爾一個箭步踏入電梯，順手按了門邊的按鍵，然後抓起封平瀾的手腕，緊盯著他。

「沒想到我們能夠共處一室!再點幾根蠟燭就好像在度蜜月呢!哈哈哈哈哈!」

奎薩爾瞇起眼，仔細地審視。

他發現封平瀾身上，帶著微弱的咒語殘波。

察覺奎薩爾的神色有異，封平瀾試探地喚了聲，「奎薩爾？」

「你剛才在哪裡？」奎薩爾凜聲質問。

「就……到內艙房客房那裡逛逛。」

他沒把自己被璽煬帶離的事說出來。璽煬要他保密，況且他也沒任何損傷，沒有必要再引發其他爭議。

「為什麼不接電話？」奎薩爾凌厲地丟出第二個質問。

「你打電話給我嗎？慢著，奎薩爾你有手機嗎？號碼是幾號？」封平瀾抽出手機，興奮地翻找著通話紀錄。

他絕對要把奎薩爾的號碼存起來，而且把每個數字都設成快捷鍵！

「……冬犽打的。」

「喔。」的確有一通冬犽的未接來電。「我沒注意到，發生什麼事了？冬犽還好嗎？」

「他沒事。你有。」奎薩爾忽地伸手，扣住了封平瀾的下巴。「為什麼受傷？」第三個質問丟出。

「啊？哪裡？」封平瀾伸手往自己身上胡亂摸了一番，想找到傷口。

奎薩爾的手移到了封平瀾的臉邊，掐起他兩側的臉頰。

「這裡。」

臉被向兩旁拉扯，封平瀾看起來有如吃太多、頰囊被塞爆的倉鼠。

他摸了摸奎薩爾示意的部分，感到一陣刺痛，「啊，剛剛有個奇怪的客人捏我臉，他的指甲有點尖……」

奎薩爾的手輕撫著臉頰上的傷口。平滑的臉頰上，有著明顯的弧形血痕。

一陣怒意自心底油然而生，明顯的不悅感。

封平瀾看著奎薩爾，偏過頭偷笑，「奎薩爾，你因為擔心我才來找我嗎？」

奎薩爾猛地收手，以陰冷的目光瞪了封平瀾一眼。不打算多言，便率然轉身，按下開門鍵打算離去。

但是厚重的門板毫無動靜。

奎薩爾皺眉，繼續按了幾下開門鍵，但仍沒反應。

他瞪向門板，打算抽刀，直接將這該死的門劈開。

「那個，奎薩爾……」封平瀾湊向前，「你剛剛按到暫停使用，所以電梯沒辦法打開喔。」他發花痴地賊笑兩聲，「把人家帶到密閉的小空間，有什麼意圖呢？」

奎薩爾怒瞪封平瀾。他想影遁，但在這裡影遁會觸動結界。

「這個要這樣開啦。」封平瀾從奎薩爾的腰旁伸出手，取消了暫停使用狀態，然後再按下開門鈕。

門扉一開啟，奎薩爾立即閃離。

他踏著惱恨的步伐，怨怒著自己的失誤。

他從未如此失態，他的自尊斥責著自己，鞭笞著理智，並緊緊銘記，日後絕對不容許自己再犯下這樣的過失。

但內心深處，卻也暗暗地鬆了口氣，悄悄地安了心。

……雖然是個荒唐的失誤……

但至少封平瀾沒出事。

幸好，他仍平安。

Chapter2

激烈的肉體撞擊，以及超乎人體工學的姿勢，過程中痛苦與歡愉的呼聲不斷

挑高的寬敞廳堂，被吆喝、咆嘯和歡呼充斥。人們鼓譟著，盯著正中央的擂臺，隨著擂臺的每一記攻擊發出熱烈的嘶吼。亞可涅的競技場，提供了客人一個安全的場域，滿足他們早已馴化的暴力渴望。

擂臺周邊的位置坐滿了人，每個觀眾熱血沸騰，隨著臺上摔角手的動作發出喧騰叫好聲。只有三人，無視於周遭的歡鬧熱血，超然而冷靜地定坐其中，彷彿身處皇家劇院觀賞交響樂表演。

擂臺前方的第一排位置，左方，穿著男裝休閒服的柳浥晨，啜了口手中那杯冰塊過多的飲料，發出了吸塵器一般的抽風聲。

「發現任何可疑的東西嗎？」她壓低聲音詢問。

右方的宗蜮，手中拿著杯布丁，以吸管吸啜了口，發出抽痰機一般的黏稠聲響。

「『地獄屠夫』的體態健碩，骨骼肌密度較高；『瘋狂小丑』的右肩似乎受過傷。」

「噢。」柳浥晨點點頭，拿起手機，連上競技場裡的網站並下注。

坐在中央、穿著全套黑色正式西裝的終紘皺眉，但他訓練有素地維持淡定不語。

雖然周遭喧鬧不已，但柳浥晨和宗蜮兩人發出的聲響，就像夜眠時的蚊子一樣，聲音不大，卻比直接的噪音更鬧心十倍。

為什麼他得坐在這……

「還有呢？」柳浥晨收起手機，再度開口。

「……多餘動作太多。」

「這算是House Show[註]，以技巧而言，已經比電視上那種早已綜藝化的摔角逼真精采多了。」柳浥晨用力地吸了吸杯裡殘存的汽水，「至少是真正的比賽，而不只是討好觀眾的表演。」

宗蝛嗤笑了一聲，「墨西哥黑幫的地下死亡格鬥，那才叫真正的比賽。」他攪了攪杯裡的布丁，「參賽者可以帶任何武器上場，比完後，不管贏家或輸家，都化為爛泥，和這布丁一樣……嘻嘻……」

後排的一名觀眾倏地站起來大罵一聲髒話，似乎對瘋狂小丑的表現非常不滿，接著其他人也開始噓聲。

終紘再度皺眉。

註：House Show：摔角格鬥術語，指不會在電視上公開轉播的賽事。

為什麼他得待在這……

「那麼，你覺得如何？」柳浥晨的話鋒轉向終紘。

終紘深吸了一口氣，「這裡，至少有三名妖魔。」他冷語，迂迴地暗示只有自己在認真執行任務。

「真不簡單啊。」柳浥晨讚許，「是選手嗎？」

「不，是觀眾。妖魔不可能親自下場和人類對戰，那樣沒有任何挑戰性。僭行者喜歡看人類互相殘殺。但觀戰時的興奮刺激，讓原本被壓抑住的妖氣流洩，曝露出他們的身分。」

「噢，就像是玩得太開心時會不小心拉在褲子上的小鬼一樣嘛。」

終紘皺眉，對柳浥晨的話語感到不悅。

為什麼他得忍受這粗鄙的女人……

腦中，下意識地浮現出那溫馴和順的婉約身影。

如果是蘇麗綰的話，她絕不會說出這種低俗的言詞……

柳浥晨朗笑，目光盯著被打趴在地的瘋狂小丑，「不過，妖魔們的嗜好還真低級吶……」

「這低級的娛樂是人類發明的。」終紘冷冷地提醒。「對妖魔而言，你們只是娛樂用的畜牲，就像被你們豢養的鬥雞和鬥犬一樣。」

柳浥晨和宗蜮同時轉過頭看向終紘。

「你在不爽嗎，禮儀師先生？」

「服裝上的失誤，得歸咎於妳沒清楚說明任務地點。」

「我說過了，我們要去看表演。」

「妳沒說是這種表演。」

「……等一下有人死了的話，他的服裝就很適合了，嘻嘻……」

終紘瞥了宗蜮一眼，目光轉向前方，看也不看柳浥晨，以帶著點輕蔑的口吻提醒，

「你們應該更專注在自己的任務上，或者至少留意周邊的動靜，當你們落荒而逃時會有點幫助……」

柳浥晨挑眉，接著用力地搖了搖手中的汽水，冰塊發出喀啦喀啦的碰撞聲。然後她含住吸管，深深地用力一吸，發出一陣又長又刺耳的抽水聲，有如象嚎。

終紘轉過頭，怒瞪柳浥晨。

「請妳停止這無意義又幼稚的舉動。」

他受夠這低級粗鄙的女人了。如果是蘇麗綰，她絕對不會有這麼粗野的行為。

蘇麗綰在咒術方面的資質或許平庸，但她的言行舉止端莊得體，應對儀態無可挑剔。

柳浥晨揚起挑釁的笑容，「我知道你討厭這聲音。我剛才每吸一口，你的臭臉就會揪一下。學學其他妖魔吧，人家可是從頭到尾都樂在其中，不管誰居上風都笑得像在過慶生會的小鬼。」

終紘不以為然，「妳怎麼能確定誰是妖魔？」

「這裡的每個人都有各自支持的一方，隨著場中人的表現，情緒會有所起落。只有妖魔不在意輸贏，他們純粹想看人類互毆，想看人類打到見血見骨。」

「妳是怎麼知道的？」

她整場都在和宗蜮閒扯胡鬧，也沒有回頭看後方觀眾席幾次，她要怎麼取得情報？

柳浥晨笑了笑，用力地吸了口汽水，握著瓶子的手指了指前方。

對向座席區上，掛著一面巨型螢幕，除了同步轉播擂臺上的戰鬥，周邊的觀眾席也一併入鏡，觀眾們的一舉一動都出現在畫面上，並且會隨時變化拍攝角度，整個競技場內的景況盡收眼底。

雖說如此，但要從背景的人群中看出端倪與線索，也不是容易的事。

終絃沉默。他承認，他確實小看柳浥晨了。

「不過，我也只鎖定了一個，不知道他是否有其他同伴在場。」柳浥晨咬著吸管笑問，「還有什麼想問的，禮儀師先生？」

終絃深吸了一口氣，然後誠懇地開口，「我以為妳只是個粗野又有勇無謀的女人，但我錯了，妳並非有勇無謀，」他停頓了一秒，「妳只是粗野而已。」

柳浥晨翻了翻白眼，「謝謝你的讚美喔。」

「另外，場內有三個妖魔。」

「噢，需要我稱讚你嗎？」

終絃轉過頭，目光繼續盯向擂臺假意觀戰，低調地觀察那妖氣的微弱變化。

但柳浥晨的目光卻仍停留在終絃身上。

終絃知道柳浥晨在看他，但他刻意無視對方的眼神。

雖然這些人是蘇麗綰的朋友，但他實在不想和對方有多餘的互動。

不只是柳浥晨，社團研的那票召喚師與契妖，他全都不想與之有任何往來。

甚至，他希望蘇麗綰也如此……

「我覺得你和葉珥德有點像。」柳浥晨忽地開口，「裝模作樣的部分。」

終絃冷哼，「我不那麼認為，畢竟我沒有放任我的契約者墮落放肆。」

葉珥德是他唯一勉強認同的契妖，但很可惜，他對柳浥晨的督導不周破壞了自己的好印象。

「葉珥德放任我墮落？」柳浥晨失笑出聲，「那是我的夢寐以求的事吶。他列出的規範和禁令多到可以編成一本六法全書。」

「顯然妳的能力不足，無法應付那些規範。」

「噢，才不呢。不是因為辦不到才違規，而是因為他不准許。」柳浥晨吸了口飲料，「越是不准，我越想做。因為我知道他會生氣。」

「他是個傑出的契妖，妳不該討厭他。」

「我不討厭他，只是他的某些特質讓我覺得很煩。」柳浥晨腦中浮現了葉珥德的嘴臉，忍不住低咒了聲，「他總以為一切都在他的掌控之中，一切都會照著他的計畫和規定發展。很煩。」

「當契約者尚未成熟，契妖有義務督導。」

「我知道。」

「但妳表現出的行為不是那麼一回事。」

「噢，那是因為，每當我看到那樣偏執的控制狂，因為無法掌控的事而困擾不已時……」柳浥晨揚起燦爛的笑容，「就覺得，非常有趣，非常過癮。」

終紘轉頭，看向柳浥晨。

柳浥晨的笑容帶著戲謔和滿足，還有看好戲一般的叛逆與挑釁，雙眸裡漾著促狹與純然的欣喜。

他想到了蘇麗綰。

蘇麗綰從不挑釁他，從不刻意和他唱反調。

但他可以感覺到，在那溫良婉約的外表之下，包著深沉的叛逆。而她，不時地將那隱藏起的叛逆，以及隱藏在叛逆之下的情緒，有意無意地展露在他面前。

她也在等，等著看他的反應，就像柳浥晨一樣。

「妳只是在製造他人的困擾……」終紘低喃。「有必要如此？」

「我要他認清我是個什麼樣的人。」柳浥晨握著飲料杯的手不自覺地抓緊，杯身因外力而變形，「我不是召喚師，不是契約者，他的眼裡只有稱謂和名分，休想用那套標準化的模式對待我。」

終絃微愕。

「請看著我。」有如春山清泉的圓轉嗓音，綻出委婉而謙和的請求。

他拒絕。

「那，請讓我看著你。」有如初展之花的粉唇，立下疑似請求的誓言。

他無從拒絕。

只能無視，只能以冷漠與嚴厲消極地迴避。

看著柳浥晨，他突然領悟，越是冷漠、越是嚴厲，反而助長了那隱然祟動的叛逆——

「砰！」

「哇啊——！」

忽然暴響的砸落聲，打斷了他的思緒，緊接著座席區也跟著爆起了一陣驚呼聲。

終絃回神看向前方，原來是其中一名選手在激鬥之中被摔下擂臺，就落在第一排座位區之前。

筋肉發達、過分魁梧的身軀邊咒罵邊起身，還順便踹倒了幾張椅子洩恨。

倒下的折疊椅撞到了柳浥晨的膝蓋，她挑眉。

「瞧瞧這傢伙多麼神勇，他把椅子們扁到倒地不起呢！裁判，不用倒數了，直接把冠軍腰帶頒給他吧。」

地獄屠夫轉頭怒瞪柳浥晨，「閉嘴！死娘砲！我吐口痰就能把你的腦袋打穿！滾回家喝奶吧！」

柳浥晨笑了笑，叼著吸管的頭一仰把吸管抽出，然後噗的一聲，將汽水射向地獄屠夫的眼睛。

「啊！」地獄屠夫慘叫著摀住了眼。

趁這時候，柳浥晨伸腳，把對方踹回擂臺邊。

地獄屠夫睜開紅腫泛淚的雙眼，瞪著柳浥晨大吼。「我要宰了你！」接著朝柳浥晨撲來。

「用眼淚淹死我嗎？」柳浥晨大笑，接著把飲料杯丟向擂臺，然後猛地躍起，以優雅的姿態翻身跳上擂臺。

她望向擂臺上一臉錯愕的瘋狂小丑，挑釁，「順帶一提，老兄，你也很遜，你出招的動作讓我想到在公園打槌球的老人。」

瘋狂小丑的怒火也被點燃。

「妳搞什麼！」終紘瞪大了眼，對著擂臺上的柳浥晨大吼。

這女人難道沒有半點常識嗎?!為什麼總是要捋虎鬚！

「注意看啊，終紘。」柳浥晨笑著開口，「看看另外兩個。」

「妳鬧夠了——」

旁邊的宗蜮拉了拉終紘的袖子，低聲開口。「經理移動了。」

終紘的目光順著宗蜮的視線望去，找到了正在往上層席區移動的經理。

經理走向高席位的看臺區，躬身靠向一名男子，像是在詢問些什麼。

男子是柳浥晨所鎖定的妖魔。他簡短了交代了幾句後，經理便走向後兩排的位置，向另外兩名觀眾請示。

那兩人簡潔下令後便打發經理離開，以興奮而嗜血的目光盯著擂臺。

終紘確定從那兩人身上看見一閃而逝的微弱妖氣，戰局的變化讓他們興奮得在一瞬間有所鬆懈。

三名妖魔，全數確定。

所以，這就是柳浥晨的目的？

經理畢恭畢敬地退開後，拿出對講機，對著遠端的下屬交代。

擂臺邊，原本打算上前制止柳浥晨的工作人員，全數撤開。

播報員拿起麥克風宣告，「這戰情真是變化莫測啊！看來我們有新的挑戰者加入戰鬥！究竟這神祕客是否會帶來新的局面?!順帶一提，為了讓觀眾們更加盡興，規則稍有變化，接下來的比賽，任何攻擊技巧都被允許，最後一個站立在擂臺上沒倒下的，就是贏家！贏家可以得到三倍的賞金！」

觀眾席轟然雷動，新的賭局開啟，眾人熱血沸騰，等著更加暴力激烈的對戰。

「你的代號是什麼？」裁判隊著柳浥晨開口。

「代號？」

「對，不然我們不曉得如何稱呼你。你可以用本名，但我建議你想個嚇人又凶狠的代號。」

柳浥晨偏頭，「那就，煉獄絞肉機吧！」

鈴聲響起，戰鬥開始。擂臺上，三人各踞一方，互相對峙。

地獄屠夫和瘋狂小丑互看了一眼，原本敵對的兩人達成共識，一起面對柳浥晨。

「噢，你們兩個閨蜜的感情可真不錯。」柳浥晨諷笑。

「你會後悔的！」地獄屠夫恐嚇。

「你想怎樣？用那堅挺的奶頭刺傷我嗎？」

「我要殺了你！」

兩人一前一後，對著柳浥晨連續出拳，每拳都朝著要害打去。

柳浥晨靈巧閃過，接著抓住空檔閃離夾擊，衝向擂臺邊的圍繩，用力踩蹬借力翻身，華麗地飛躍而下，朝著瘋狂小丑的背踢去。

趁著瘋狂小丑跪趴在地，地獄屠夫抓緊柳浥晨降落的那一瞬，朝著她的後腦勺揮拳。

柳浥晨順勢一個迴旋踢，把對方的拳頭踹開，然後屈膝朝他的腹部用力頂去。

一人倒下，另一人便站起，鍥而不捨地對著目標使出狠厲的招式。

而柳浥晨始終帶著笑容。在兩個魁梧的猛漢夾攻之下，她有如蜂鳥，嬌小卻動作迅速。

對戰中，她也中了幾記拳頭，但她完全不在意，就像個玩瘋了的孩子一樣，盡情胡鬧狂歡。

地獄屠夫被一記右勾拳打到擂臺邊，雙手搭在繩索上喘息著。

「你要是累了可以躺下來休息，等比賽結束。」柳浥晨好心建議。

地獄屠夫低吼，接著身子向前一傾，伸手從擂臺下抄起一把折疊椅，然後猛地迴身，將金屬折椅朝著柳浥晨的頸子橫劈而去。

柳浥晨沒有料到對方會拿武器，錯估了閃避距離，眼看著那泛著冷光的金屬椅腳將要擊中她——

襲擊的軌道在中途被截斷。一道黑影掠過，將來勢凶猛的椅子一掌打偏，折椅脫離掌握，飛出擂臺。

觀眾席傳來幾陣驚呼，但很快就被歡騰鼓動聲給壓下。

柳浥晨轉頭，只見終絃正凜著臉站在自己身旁。她笑著拍了拍終絃的肩，「謝啦！」

終絃瞪著柳浥晨，「妳把這裡當遊樂場，但他們不把這當遊戲。」語畢，一個轉身，恰好擋下了瘋狂小丑的偷襲。

「實在太精彩了！沒想到看似瘦弱的煉獄絞肉機，竟然深藏不露！」播報員即時報導再度變動的戰局，「現在上場的神祕人，似乎是煉獄絞肉機的同伴，他的代號是——」

柳浥晨朝著地獄屠夫的小腿脛骨猛踢，同時對著播報員高聲宣告終絃的代號，「——悶騷俏騎士。」

終絃皺眉，但他無暇抗議，因為瘋狂小丑已再度出拳。

局勢轉為二對二。柳浥晨和終絃雖然居於上風，但因為兩人都手下留情，沒對敵手使出致命攻擊，反而讓戰局陷入了膠著。

長年在鬥技場打滾的職業摔角手，對於疼痛的耐受度比一般人還高，因此總是能屢仆屢起。

柳浥晨躲過了地獄屠夫的直拳，靈巧地溜到對方身後，用力一扯。

「終絃！接手！」

終絃下意識地回頭，抓住了柳浥晨塞到他手中的東西。那是地獄屠夫的緊身褲褲頭，極具彈性的鬆緊帶被撐拉到極限，露出了半邊屁股。

終絃立刻鬆手，鬆緊帶重重彈回，打中了臀肉，發出一記清脆的響聲。

「幹得好！」柳浥晨對著終絃眨眼。

終絃覺得自己的額角在抽痛。

周遭的喧鬧聲，擂臺上的汗臭味，讓他的不悅與不耐煩已到了臨界點。

為什麼他要忍受這些事……

如果是他的蘇麗綰，絕對不會……

他的？

終絃愣了一秒。

就這麼一秒，瘋狂小丑抓住了難得的時機，卯足全勁，朝著終絃的臉狂力一擊。

瘋狂小丑的拳頭，在終絃眼裡宛如慢動作。

他可以躲過，但他知道，沒有一個人類能夠在這樣的距離之下躲開那樣的拳頭。現在有上百名人類外加三隻妖魔正盯著他看，不能打草驚蛇。當然，更不可能啟動任何防禦咒語。

只能硬接。

終絃在心裡嘆了口氣，他的目光瞄到柳浥晨，對方眼中帶著驚愕和歉疚，似乎知道他心裡的打算。

……聰明的笨女人。

下一刻，鋼砲般的拳頭正面擊中終絃的臉。

眼冒金星。意識中斷。

快板的樂聲迴響。

祈禱聲，咒罵聲，歡呼聲，擲骰子聲，拋籌碼聲。

亞可涅王冠賭場。挑高的天花板上嵌著精肖的油畫，象牙白的梁柱雕著幾何構成的繁花。訂製的賭桌和座椅也是宮廷風設計，讓賭客有著尊爵不凡的享受，以為自己將能在這裡反轉命運，一夕稱王。

在賭場深處，專屬於高階賭客的內廳，沒有過多的喧譁，相較之下顯得沉靜，但以萬計價的賭注，讓賭局籠罩著外廳所沒有的肅殺。

殷肅霜穿著荷官的制服，老練地站在賭桌邊發牌。海棠穿著服務生的服裝，端著托盤，逡巡場內為賭客們服務。

瑟諾還沒到，因為曇華和蘇麗綰臨時被徵調去支援。

支援什麼海棠不知道，但當曇華跟著瑟諾離開時，殷肅霜拍了拍他的肩，讓他覺得有種不妙的預感。

殷肅霜輕咳，然後調了調領帶。那是暗號，代表瑟諾等人已進場，進入戒備狀態。

海棠不動聲色，將目光轉向入口。

他不曉得他們給了曇華什麼樣的任務，但他相信以曇華的能耐，任何處境絕對都游刃有餘──

當他見到進場的人，瞬間僵化。

瑟諾穿著一身名貴的休閒風西裝，襯衫領口敞開，領帶鬆鬆地垂在鎖骨前方，平日雜亂的頭髮梳到腦後，雙腳踩著擦得發亮的義大利手工皮鞋。他渾身散發著頹廢的氣息，但是少了平日的懶散，轉為遊戲人間的糜爛。

彷彿完全變了一個人。他從未看過這樣的瑟諾。

但令海棠愣愣的不是瑟諾的轉變，而是陪在瑟諾身邊的人。

穿著酒紅色禮服的曇華和寶藍色旗袍的蘇麗綰，一左一右，陪在瑟諾身旁。瑟諾一手搭在蘇麗綰身上，另一手扶在曇華腰間，一副紈絝子弟的模樣。

曇華身上的酒紅色禮服下襬側邊開衩，蹬著高根鞋的美足每跨出一步，便露出大片雪肌。無袖的設計，將頸肩、雙臂的光滑與玲瓏展露無遺。

殷肅霜再次輕咳。

海棠回神，連忙移動腳步回到自己的崗位。

但他的心非常浮躁，莫名的怒意在胸口悶燒。

瑟諾坐入殷肅霜面前的座位，曇華和蘇麗綰侍立兩旁。他翹起腳，從口袋中掏出上好的古巴雪茄，叼在嘴中。不用開口指示，曇華便非常熟練地掏出金色打火機，幫他將雪茄點燃。

痞到極點。

瑟諾邊抽雪茄邊示意殷肅霜發牌，接著掀起牌的一角，瞄了一眼，挑眉，勾起笑容。他勾了勾手要曇華靠近，給她看了一下牌之後，兩人一起笑出聲。

「看來今天命運之神站在我這邊。」他朗笑著，然後一把將曇華摟近，讓她坐在自己的腿上，「或者是因為妳這位幸運女神給我帶來好運！」

曇華嬌笑，笑得像是歡場女子一樣。

海棠站在原地，瞪著眼前的景象。他生氣，但更多是錯愕。他沒看過這樣的瑟諾，但也沒看過這樣的曇華。

他覺得自己像是個什麼都不懂、什麼都不知道的小鬼，被阻斷在成人世界的大門之外。

他氣瑟諾和曇華，但他更氣自己，氣自己因為這點小事而怒不可遏。這讓他徹底體悟，自己的的確確是個小鬼。

殷肅霜瞥了海棠一眼，眼神裡帶著警告。海棠趕緊壓下不滿，專注於自己扮演的角色上。

海棠端著裝有香檳的酒杯，走到瑟諾面前。瑟諾看也不看海棠，直接拿起一杯酒，啜了一口，接著皺眉大聲抱怨，「我搭的是豪華郵輪，還是走私難民和偷渡客的貨船？」

海棠愣愣，他沒料到瑟諾會刁難他，一時不知所措。

這也是預先設定好的狀況嗎？這樣的舉動有目的性，還是瑟諾單純地即興演出，為了讓他的角色形象更鮮明？海棠不懂該怎麼反應，接下來要怎麼做？

「……您搭的是郵輪。」片刻，海棠吐出了這樣的回答，連他自己都覺得爛爆了。

瑟諾嗤笑。海棠在對方的眼中讀到了明確的思緒——

呵，小鬼。

他才不是！

瑟諾吸了口雪茄，把煙噴向海棠臉上，接著，把燃著的雪茄浸到酒杯裡，捻熄。然後順手把杯中的殘酒，連同著雪茄潑入了擱在一旁的造景植物裡。

傲慢至極。完全是個張狂又目中無人的富二代。

「去拿些能喝的東西來。」瑟諾把酒杯倒扣在海棠手中的托盤上，傲慢地下令。

海棠勃然，「你別太……」

場內的經理連忙趕到，介入海棠和瑟諾中間。

「我們馬上到酒庫幫您調酒。不曉得拉圖堡的一軍紅酒是否合您的意？」經理陪笑著詢問。

瑟諾哼笑了聲，「勉強湊合。」

經理鞠躬哈腰了一陣後，把海棠拉到旁邊訓斥了一頓。

瑟諾叫了幾次牌。殷肅霜每發一次牌給他，他就和曇華以及蘇麗綰大笑嘻鬧。

小贏了幾局之後，瑟諾的談笑聲更高，意氣風發，隨性地任意加高賭注，揮霍籌碼。

在外人眼裡，就是個落入了賭場陷阱裡的門外漢。圍觀的人變多，大家都等著看瑟諾這肥羊被痛宰。

「該下多少呢？」瑟諾啜了口酒，苦惱地拋接著一枚錢幣，接著轉頭望向蘇麗綰，「告訴我妳身上的任何一個數字吧。」

蘇麗綰輕笑，然後在瑟諾耳邊低聲說了幾個字。

「妳這個小壞蛋。」瑟諾伸指彈了蘇麗綰的臉頰，接著把面前的籌碼推出一大疊。「三十六萬。」

眾人私語，帶著曖昧的目光在蘇麗綰身上打轉，猜想著那神祕的數字究竟從何而來。

開牌後，瑟諾輸了，身為荷官的殷肅霜贏走瑟諾和其他玩家的籌碼。幾名賭客離桌，換了新客人入座，而面前沒有任何籌碼的瑟諾，仍坐在位置上，不願離開。

殷肅霜淡定地開口，「您已經沒籌碼了，客人。」

瑟諾的臉色變得陰沉，「先欠著，下一局我翻盤了再還。」

「沒有籌碼不能參與，您可以到櫃檯兌換籌碼。」

瑟諾緩緩地站起身，雙手撐著賭桌，靠近殷肅霜，接著，猛地揪起了殷肅霜的手。

「你很厲害，輕輕鬆鬆就贏了很多人一生都賺不到的錢。」

「您也很厲害，先生。」殷肅霜漠然開口，「隨隨便便就輸了很多人一生都賺不到的錢。」

經理站在一旁緊張地觀看。他擔心瑟諾出手，猶豫著是否要叫保安人員上來制止，但又不敢得罪瑟諾這樣的有錢人。

「我的兩個幸運女神都幫不了我。」瑟諾捏住了殷肅霜的長指，「讓我不禁懷疑，你是不是暗中動了什麼手腳？」

殷肅霜微微蹙眉，因為這橋段並未在預想好的劇本之中。

「絕對沒有這回事。」

殷肅霜想抽回手，但瑟諾緊抓著他的手不放。

戴著土豪戒指、帶著名貴古龍水香氣的手，捏著他慘白的指頭，一吋一吋移動，捏著他的每一個指節。

「是嗎？」瑟諾笑了笑，「我還想賭。」

「只要您有籌碼，隨時恭候歡迎。」

「我現在沒錢了。」

「真遺憾。」殷肅霜瞪著瑟諾。

搞什麼鬼？

他以眼神質問。

瑟諾卻沒有理會，依舊維持著傲少爺的痞態。

「但我有其他東西，比錢更有價值的東西。」瑟諾勾起玩世不恭的笑容，「我們賭人吧？」

殷肅霜挑眉。

「以我的兩個幸運女神做籌碼，」瑟諾將指頭轉向殷肅霜，「換你這個死神。」

群眾譁然，對這瘋狂的演變感到興奮。

「我必須詢問經理……」殷肅霜望向守在一旁的經理。

經理對殷肅霜擺出了個「等一下」的手勢，接著轉身離開，前往請示高層。

不到三分鐘，經理折返，走到殷肅霜身旁交代了幾句，然後對瑟諾擺出諂媚至極的笑臉。

「我們高層同意了您的要求，等會兒會送一份文件來請您簽署，然後便能繼續了。」

瑟諾狂笑坐回座位。

沒多久，一名服務生拿著一份文件匆匆跑入，瑟諾完全沒細看內容，便簽上了自己扮演的角色化名。

這場以人為注的豪賭，吸引不少賭客前來觀看。賭場非常聰明地事先在通往內廳的走道上設了關卡，只有白金等級以上的會員繳了入場費之後才可進入觀戰。

人潮漸漸聚集在內廳。瑟諾和殷肅霜同時感覺到，進來的人群中，混雜了絲微弱的妖氣。

賭場亦如戰場，只要戰鬥，便能勾起僭行妖魔的興趣。

經理將簽署好的文件收下，然後遞給瑟諾一枚金綠色的特製籌碼。

籌碼以金屬打造，非常精緻，一面印了幾個數字，另一面烙著獅頭。

瑟諾端詳籌碼片刻，接著將之緊緊握入手中。

殷肅霜拿起新的一副牌正要拆開，但被瑟諾打斷。

「別玩牌了。」瑟諾任性地開口，「你一張我一張，弄得像在扮家家酒似的。玩別的。」

「你想玩什麼？」

瑟諾用下巴指了指廳內另一隅，「輪盤。我就不相信你每樣都強。」

殷肅霜看向經理，經理點了點頭，於是兩人移到了輪盤區，觀看的人群也跟著移動，盡可能地擠到桌邊，盡其所能地盯著盤面。

「我只有一個籌碼，剛好，一次定輸贏。」瑟諾笑著開口，將籌碼放到了黑色十七號上。「祝我好運吧。」

輪盤開始轉動，殷肅霜拿起小珠子，優雅地將白色的圓珠拋到輪盤上。

小圓球在輪盤上滾動，連續不斷地撞擊著盤面，發出清脆的聲響。

所有人的目光都聚集在這個白點上，像是著了魔一般。

瑟諾從口袋中掏出平日常抽的菸，叼在嘴裡，接著拿起那慣用的廉價塑膠打火機點菸。

他深吸了一口，然後放鬆地吐出灰白的煙團。

白煙很快地散開，但並未消失，而是化成了比毛髮更細、更柔韌的煙絲。

方才賭桌旁的盆栽中，那被酒浸濕的雪茄此時浮腫膨脹，像是熟透了的果實。當瑟諾吐出煙霧時，雪茄從中裂開，並從裂縫中瞬間開出了一朵暗色的花。煙絲拂過，繚繞上花蕊，捲起花粉，乘著氣流，擴散捲纏上了廳內的每一個人。

空氣裡飄起了一股微弱的香氣。

廳內所有人都專注於白珠的動向，沒人發現這變化。只有站在最外圍的海棠發現了。

出於憤怒，他從頭到尾盯著瑟諾的一舉一動，特別是瑟諾的手，他十分擔心那隻手會再度停留到曇華的身上。

然後他留意到了瑟諾異常的舉動。

他看著瑟諾的菸，緊盯著那團煙霧，追隨著那幾乎看不見的煙絲，目睹了整個咒語的發動。

不得不承認，這手法令他嘆為觀止。

忽地，觀眾之中有一人回頭，將注意力從輪盤上移開。

一名男子忽然不自在地左右張望，似乎在捕捉什麼東西。鼻翼微微顫動，彷彿嗅到了什麼令他在意的氣息。

海棠發現，在光影的折射下，男子的瞳孔在瞬間變成一直線，然後復原。

那妖魔感覺到了瑟諾的咒語！

海棠看向瑟諾和殷肅霜，但那兩人看似專注地盯著輪盤。他不確定他們是否已經發現妖魔的舉動，還是因為當下無法做出任何反應故按兵不動。

海棠看著男子，對方嗅聞的方向越來越準確，眼看即將鎖定盆栽。

必須用更強烈的氣味掩蓋花香，但是，他手邊沒有任何東西可使用，只有一瓶酒，直接砸破的話太過可疑。有什麼唾手可得、又有強烈味道的東西——

回憶中的氣味被勾起，他的腦中，浮現出那個一上船便臥病在床、把整個房間搞得臭氣熏天的藍色人影。

……真的要這樣嗎？

他在心中質問自己，但沒有太多時間猶豫。

海棠轉過身，拔開酒瓶的瓶塞，一口氣灌了半瓶酒。烈酒刺激著胃，不常喝酒的他感覺體內一陣燒灼，彷彿連內臟都在抗拒著酒精。

接著，他握拳，重重地往胃部用力一捶。

「唔嗯嗯嗯——嘔！」

酒、胃酸以及消化到一半的晚餐，逆反重力湧洩而出。

酸味立即擴散，將微弱淺淡的香氣徹底覆蓋。

嗅聞中的男子重重一咳，用力地把吸入鼻腔中的惡臭擤出。

他轉頭，發現了臭味的來源，怒瞪海棠一眼，然後叫來值班經理惱怒地咒罵了幾聲。

經理火速衝到海棠身邊。

「你在搞什麼?!」

「抱歉……晚餐好像不太新鮮……」海棠忍著喉部的灼痛，虛弱地解釋。他無視經理的斥責，目光望向賭桌邊。

瑟諾和殷肅霜沒有回頭，依然專注地看著白珠。輪盤轉動的速度開始變慢，珠子敲擊出的聲響也漸漸趨緩。

數十道目光集中在白珠上，看著它一步一步、一格一格地滾動。最後，止住。

白色的珠子，駐留在黑色的格子上，壓在同樣雪白的數字十七之上。

觀眾群轟然雷動。

眾人紛紛鼓掌，就連經理也拍著手，笑著迎去恭喜祝賀。

畢竟對他們而言，損失的是一名員工而不是錢，皆大歡喜。

結果揭曉後，觀眾們紛紛散開，廳內的氣氛因這場賭局而被炒熱，賭客們下注和吆喝的鼓譟聲都勝於先前。

海棠見賭局結束，便以拿清潔用品為藉口，率先開溜。

瑟諾掛著贏家的笑容，收下了契約文件。他挑釁地看了殷肅霜一眼，然後左擁右抱著兩名美女，猖狂地離開現場。

瑟諾離開後，殷肅霜留在賭場片刻，才悄悄離開。

殷肅霜回到房間時，瑟諾已在房內。他坐在床邊，叼著香菸，身上仍穿著那套名貴的西裝，但是領帶被扯開，垂在胸前，衣襟上的釦子全數解開，雙腳隨意地踩在手工皮鞋的鞋口上。

張狂邪痞的神態已消失，恢復平時的慵懶散漫。

「如何？」

「經理已經忘了我這個員工的存在。」殷肅霜撤下臉上易容的妝，同時脫去荷官的制服。

「喔。」瑟諾懶懶地應了聲。

「更動計畫記得事先告知。」殷肅霜指的是剛才最後以人為注的豪賭。

原本的計畫是，瑟諾和殷肅霜在牌桌上對戰廝殺連續幾局，在過程中不動聲色地施展咒語，對場內的人進行追蹤偵測。但是，瑟諾沒兩下就把籌碼用光，還擅自改變賭局，提出了賭人的要求。

「喔。」瑟諾抓了抓頭，整齊的髮型變得凌亂，「但是，事先告知就不逼真了……」

殷肅霜冷睇瑟諾一眼，「至少可以降低失敗的風險。」

「是你的話，不會搞砸。」瑟諾懶懶地勾起嘴角，「我對你有信心。」

殷肅霜挑眉，「你只是確信，出了狀況我會幫你善後。」

瑟諾搔了搔頭，「嗯，確實是呢……」

殷肅霜冷哼了聲，「我去通知其他人準備集合，你也該把那身裝扮撤下了。」

「喔好。」瑟諾仰頭，抬起手，甩了甩袖子，「幫我換。」

「我拒絕。」

「別忘了，我贏了賭局。」瑟諾抓住殷肅霜的手，勾起笑容，「你是我贏來的戰利品吶……」

「……你之所以會贏，是因為我幫了你的緣故。」他暗中動了手腳，讓珠子滾到指定的號位上。

「喔。」

瑟諾握著殷肅霜的手，用對方的手指搔臉，「那麼，再幫我一次也無所謂吧？」

殷肅霜冷眼看著頹廢散漫的瑟諾，暗暗地嘆了口氣。

最後，妥協。

Chapter3

一個人在房間裡能作的消遣有限，浪費衛生紙是其中之一

遊憩休閒區的樓層，上演著各樣紙醉金迷燈紅酒綠，乘客們縱情狂歡，在這與世隔絕的海上密室裡，展露各種平日壓抑隱藏的欲望與醜態。

然而，船艙六樓，卻是另一番光景。

六樓的艙房全是最低階的平價房間，然而這兩層樓完全沒有客人入住。

一般旅客或員工若是按了六樓的電梯，電梯開啟後，只會看到一片昏暗，走道前方擺著個「禁止進入」的告示牌，牆邊也堆著工具箱與管線，儼然一副維修中的景象。

若是仍有人好奇地踏出電梯想一探究竟，他走沒幾步路便會踩到鐵釘——正確來說，是某種低階妖魔的牙——傷口讓他只能退回，前往醫療中心。要是此人仍不屈不撓地堅持前進，他將被數不清的「鐵釘」給咬碎、吞噬，以生命為代價，學習到凡事適可而止的道理。

走道右方、靠船艙內側的房區，每道門都緊閉著，任何鎖匙都開不了，因為，門是假的。真正的入口藏匿在牆面後，沒有任何痕跡，只能以咒語開啟。

牆面上貼著的花紋壁紙裡，嵌藏著複雜的符令。

牆裡的空間整個打通，與部分七樓客房相連，面積大約占了整個船艙橫切面的三分之二，形成一個挑高又寬敞的廣場。整片地面是黑色的，但在正中央處，有一塊透亮如鏡的白色圓形。

偌大的空間裡，只有兩個人。

東尉站在黑石板地面上，手中握著根銀製的長杖。長杖表面光滑沒有花紋，上寬下窄，看起來像根放大板的楔釘。尖銳的末端，在黑石板地上刮出銀白的刻痕，流暢的線條捲勾出強大而危險的咒語。

瓦爾各駐立在一旁，靜靜地觀看。雖然東尉一臉從容，但額上冒出的汗珠，偷偷地洩了底。

「這就是……通道？」瓦爾各開口。

「目前還不是。」

瓦爾各盯著東尉在地面上畫出的法陣。他不懂這種高段咒語，但他可以感覺到，刻在地上的符號，還沒發動便散發出一股強大的力量。

「所以，就只有你一個人？」

「這是在搭訕嗎？」東尉輕笑。

「三皇子派了十幾個少將等級的妖魔過來協助你，但是他們目前做的事就和其他遊客一樣，在船上享樂放縱。」

「他們已經在協助我了。」東尉冷笑，「他們沒來礙事，不是嗎。」

「你禁止他們過來？」

東尉失笑出聲，「我這小卒，哪有那麼大的官威命令那些『大人物』？」他停下手中的動作，稍微喘口氣，「我只是讓他們有所選擇。捨棄最高端的聲色享樂？還是要耗費妖力與時間，來協助討厭的人類執行這乏味的工作？」

權力使人腐壞，欲望使人墮落。三皇子的將士們，在這海上宮殿同時享有這兩樣東西，便很快地沉淪。這些妖魔們很快地融入人類社會，連人類的墮性和委靡一併學得相當徹底。

瓦爾各不予苟同，「但他們有任務在身，不該如此。這樣是瀆職。」雖然他不怎麼認同三皇子，但只要對方是他名義上的主子，他便會盡到他身為僕從的義務。

「你錯了，他們的任務是『確認工程順利完成』，重點在於驗收。」東尉笑了笑，「噢，對了，還有監視我。就和你一樣，瓦爾各。」

瓦爾各欲言又止了一陣，「……但你卻把我留在這裡，為什麼？」

「因為你不礙事。」東尉繼續手邊的工作，「你就和波普一樣。」

「誰是波普？」

「我以前養的柯基犬，牠總喜歡跟著我，待在我身旁陪我工作。」東尉笑了笑，「順帶一提，這個名字的由來是因為牠小時候很笨，經常踩到自己拉的屎然後踏得到處都是，所以叫波普(Poop)。你也會亂大便嗎？瓦爾各。」

「不會。」瓦爾各皺眉，然後賭氣地回了一句，「除非你命令我那麼做。」

東尉大笑，看起來非常愉快。

把瓦爾各留在身邊，果然是正確的。

「話說，囚在高樓裡的長髮公主，情況還好嗎？」東尉隨口詢問。

「是的，有點吵，但倒也還安分。」

「多防著點，他有逃獄紀錄。禁制的咒語一旦觸發，你就立刻回房。」

「抓回他？」

「不，救回他。」東尉笑了笑，「免得他把自己搞死。」

頂級套房裡。

岳望舒等瓦爾各離去後，安分地待在房裡看電視。片刻，他走向房內的迷你吧檯，拿出一瓶酒，看了看瓶身，接著打開，喝了一口之後皺起眉，將酒吐出。

「難喝死了……」他實在無法接受酒的味道。

他看看瓶子，在手中掂了掂重量，下一秒，將酒瓶猛力砸向地面。

「砰！」

酒瓶破碎，發出巨響。

他又開了一瓶，做出一樣的舉動，再度摔碎。

連續砸了三瓶酒。

岳望舒屏氣觀察周遭。

沒有任何變化，沒有任何事發生。

這樣等級的騷動與噪音，並不會觸發藏在房間裡的咒語。

他把電視的聲音開到最大，然後轉到了付費的成人鎖碼頻道。看了幾分鐘之後便起身，走到掛在梁柱上的鏡子前。

他看著鏡中的自己，拉下衣領，露出了脖子上的黑色印紋。弧狀的紋印，看起來像是掛在頸上的項圈。

「……真是個死變態……」

他輕啐了聲，然後步向房裡的簡易流理檯，拿起鹽罐，步向客房中央。掀起一角地毯，將鹽灑在地上抹平，以手指畫了個古老的符文。接著，裝了杯清水，置於符號之上。然後他揉眼，擠出一滴眼淚，滴入水杯中。

這是個測試，他在獄中和一個妖魔學來的。這個簡單的檢驗法不需任何妖力與咒語，便能測出淚滴主人的所在空間裡所有的結界與咒語。

他要測試出這房間對他的制錮底限，才能規劃出最大限度的逃亡

岳望舒走向通往陽臺的落地窗前，伸手扶向門把，緩緩壓下，然後推開。

海風與浪潮聲迎面而來，此外，沒有動靜。

試探地伸出手，穿過門框，沒事。接著才放膽跨出門檻，來到陽臺。

他走到陽臺的圍牆邊，雙手戰戰兢兢地搭上了欄杆。

沒事。

岳望舒狐疑。

真的完全沒有結界和咒語？東尉這麼信任他？

是因為認為在茫茫大海中，他不可能跳船而逃嗎？那也太小看他了！

站在陽臺邊，向下望著那黑如墨的海洋，猶豫著是否要把握時間，當下就跳船逃跑。

還是別冒險……

岳望舒低吟了一聲咒語，然後對著海洋，吐了口帶著血沫的唾液。

唾沫向下墜，一邊掉落，一邊產生變化，在半空中時，便擴張延展成一個身形與他差不多的半透明身影。

岳望舒心跳加速，滿心期待地看著分身墜落。如果分身平安掉落海洋的話，那麼他離自由也就不遠了——

然而，當半透明人影掉落至距離海面約一公尺處時，它的頸部忽地泛起弧形的紅光。新月狀的光弧像是迴力鏢一樣，猛地向上返折，將整個人影粗暴地扯回陽臺。

岳望舒看著躺在陽臺上斷續抽動的人影，臉色變得相當難看。

那樣子扯，頸椎會斷吧。

這個變態真夠狠的……

半透明人影緩緩消失。房內鹽灘上的杯中水面微微泛起細小漣漪，很快復平。好，現在他確定跳海這條路走不通。

只能走內路了。

雖然在船艙內不可能逃離，但如果他和曦舫的學生會合，便有轉機。他可以提供有用的情報，讓協會派更多人來支援。

雖說向召喚師求助的下場便是被關回監獄，但和這裡相比，協會監獄的防範措施就像更衣室。

他能從協會的監獄逃走一次，就能逃走第二次。

岳望舒走回房內，坐到沙發上沉思。電視上依舊播放著成人影片，但他的思緒完全不受影響。

放了那麼久的激烈影片都沒人來抗議，若不是隔壁沒人住，就是這房間有阻隔聲音的咒語……

他望向門板。房門是用卡片感應的，無法從外頭反鎖，照理說，房裡的人可以自由出去。

腦中浮現了分身被紅光自海面拖甩而起的畫面。

不曉得東尉施了什麼咒，說不定他一踏出去就被門夾死……

岳望舒起身，把方才砸破的玻璃清理乾淨，然後再拿了一瓶酒，壓著反胃的感覺喝了幾口，並灑了些酒在自己身上。剩餘的酒餵了馬桶。

他又拆了幾包餅乾，拿了幾個杯子，散亂地丟在電視前的茶几上，布置成使用過的樣子。

最後拿起電話，打給客房服務中心。

響了兩聲後，便接通。

「您好，親愛的貴賓，請問有什麼地方能讓我為您效勞？」嬌嫩的嗓音響起。

「喂……」他捏著鼻子，壓低聲音開口，營造出酒醉的感覺，「我這裡是一六〇一觀景套房……」

「我知道。」

「我的……嗝……那個……倒不出來了，只有一、兩滴……」

「您要加酒嗎？」客服相當專業地推測出情況。

「嗯，對。你們有一支酒很不賴……再給我一瓶。嗯，兩瓶好了，或者三瓶也可以？有限制嗎？」

「您是黑金級會員，只要有庫存，您想喝多少都沒問題的。」客服客氣而熱絡地回應，「請告訴我酒名？」

「噢，我看不懂外文……這是英文嗎？嗯，有ＡＢＣ在上面。等等，它在晃動，我看不清楚，遇到暴風雨了嗎？怎麼這麼晃！」

「船非常安穩，您非常安全，請放心。我們馬上派人員過去協助您。」

「喔好……」岳望舒做出打嗝的聲音，「請快一點，現在一滴也沒了……」語畢掛上電話，接著走向門板。他側站著，一面觀察房間中央的鹽與杯，一面留意著外頭的動靜。

客服中心的接線生掛上電話後，播打內線，連上房務部。

「房務部。」接起電話的是伊凡。他坐在房務部領班的辦公桌上，而領班本人則坐在角落的辦公椅上，仰著頭深深沉睡。

「一六〇一號房的客人要追加酒，她不知道酒的名字，把酒單上的酒各帶一瓶過去讓她選。」

「了解。」伊凡掛上電話，「酒庫好遠喔，我懶得去。冬犽呢？」

「他被派去王冠賭場支援，好像有人吐了。」站在一旁翻閱房客資料的伊格爾淡然回應。

「誰啊？真是噁心。」伊凡皺了皺眉。「一六〇一的負責房務員是誰啊？」

「沒有。」

「啊？」

「十六樓的套房全是黑金等級。所有客房都有專屬的房務人員，只有黑金級的房間沒有。但黑金級房客提出的任何要求必須優先處理，也就是說，所有的員工都是他們的專屬房務員，全員待命。」伊格爾開口解釋。

「真是任性啊！」

「除非接到命令，否則一般員工不得隨意靠近黑金房區，這個機會很難得……」伊格爾將檔案資料夾放回原處，小心翼翼地關上櫃門。「我們必須親自過去一趟。」

伊凡嘀咕了聲，從辦公桌上跳下，走到熟睡中的領班身邊，然後拿出瑟諾給的小藥丸，扳開對方的嘴，瞄準咽喉扔進去。十分鐘之內，睡著的領班便會清醒。

「不能用咒語真麻煩。」伊凡邊把領班推回辦公桌後方邊抱怨，「感覺好像在迷姦這位大叔。」

他們悄悄退出辦公室，關上門，前往酒庫。

片刻，兩人推著載著酒的推車，前往十六樓。

電梯開啟，伊凡和伊格爾一踏上十六樓的走道，便有種放鬆的感覺，彷彿原本有層薄膜罩黏在身上，忽地被撤開。

「這一區的結界和咒語是船艙上最弱的。」伊凡深呼吸一口氣。「看來黑金級的客人們，也不太喜歡被偵測咒絆住的感覺。」

兩人沿著走道，來到了一六〇一號房門前。

伊凡伸手按下門鈴。「客房服務。」

房內的岳望舒望向門板，又回頭看向鹽灘上的水杯，沒有任何動靜。

他走向房門，握上門把，然後戰戰兢兢地把門打開——

刺耳的淫聲浪語傾流而出，跳針般的嬌喘聲高亢洪亮。

岳望舒站在門邊，身子靠在門框上，半垂著眼，一副醉態，「我的酒……沒了……」當他看見門外的兩人時，微微一愣。

這兩個服務生看起來有點眼熟……

他盯著對方，看出了易容的痕跡，他的目光在伊凡和伊格爾的眼眸上快速游移，用力思索，最後認出了對方的身分。

他知道這兩人是誰，是社團研的學生！

岳望舒眼中亮起希望。

社團研的人之前幫封平瀾調查過他，他們兩人一定對他有印象——

然而，伊凡和伊格爾看著他的表情，卻是全然陌生中帶著一點尷尬。

「小姐您好，我們把房裡有的酒種都帶來了，您可以挑選您想要的，如果不夠隨時可以再追加。」伊凡看著眼前的人，客氣地笑著開口。

「小姐？」岳望舒瞪大了眼，然後瞬間了解發生了什麼事。

東尉在他身上設的咒語包含幻象咒，為了不讓他與外人聯繫，不讓他的樣貌有外流出去、被指認的機會，但他沒想到東尉設置的幻象是女的。

岳望舒在心裡咒罵，但臉上仍掛著恍然迷濛的表情，打了個醉嗝，邊笑邊指著伊格爾和伊凡，「你們長得很可愛呢！要不要陪姐姐玩遊戲呀？」

他竟然在調戲男人，何等的奇恥大辱……

「如果領班同意的話。」伊凡掛著客套的笑容回應，「您要的是哪種酒呢？」

岳望舒彎下腰，拿起放在腳邊的空酒瓶，「我喝的是這個……」

他起身時刻意搖搖晃晃，將酒瓶遞出時早一步鬆開手。

伊凡接空，酒瓶掉落在鋪著毯氈的地面，滾向走道彼端。

「啊啊，抱歉……」岳望舒連忙道歉，假意要追回酒瓶，跨出了房門。

第一步。

沒事。

岳望舒在心裡為自己捏了把冷汗。

房間中，鹽灘上的水杯微微震動。

「我們來撿就可以了。」伊格爾開口。

酒瓶向前滾，碰到牆，停止。

「不……我自己來……」岳望舒低著頭，看似盯著酒瓶，實際上盯著自己的腳。

第二步。

沒事。

杯中水泛起細密的高頻率波動。

岳望舒撿起酒瓶，刻意假裝拿不穩，讓酒瓶再度掉落，滾向電梯的方向。

「真是沒用的酒瓶，和我的男人一樣……」岳望舒笑著吐出醉語。

他跨出了第三步。

沒事——

杯中水狂湧而出，灑落在地面的鹽灘上，迅速被鹽吸收、消失

同一瞬間，岳望舒覺得自己肺中空氣被抽離，嘴裡充斥著海水的腥鹹味。

岳望舒重咳著跪倒在地，用力地喘氣，想要吸入新鮮空氣，但是喉部緊繃，像是被拉緊的弦一樣，不受控制。

「小、小姐?!」伊凡和伊格爾對這突發狀況感到錯愕。

在他們眼中，這名陌生女子前一秒還醉得像爛泥，下一秒突然倒地抽搐，渾身顫抖。

加上房間裡斷續傳來的嬌吟喘息聲，讓整個場面變得很詭異。

這是酒精中毒嗎?還是有錢人的某種變態PLAY?!

岳望舒使盡全身力量，摳抓著地面，朝著房間匍匐爬行。當他的身軀完全折返回房內

時，喉部的緊繃感才總算消失，恢復了呼吸能力。

岳望舒趴在地上重重地喘氣，與電視傳來的叫喚聲呼應，讓人產生曖昧聯想。

伊格爾的耳根發紅，看起來極為困窘。

「小姐，妳還好嗎？」伊凡打算藉機踏入房中，搜索探勘。

然而，兩人正要靠近門邊時，一隻精碩的手臂忽地從後方伸出，橫擋在門前，將伊凡和伊格爾隔開。

瓦爾各站在門邊，以冷峻的表情看著兩個意欲進房的服務生。

「你們來做什麼？」

看見瓦爾各出現，兩人緊張不已，深怕露出破綻。希茉已傳了照片給所有人，他們知道眼前的這傢伙是座狼一族的妖魔，非常善於戰鬥的種族。

「呃，非常抱歉。」伊凡連忙道歉，「那位小姐打電話叫酒，我們送酒過來之後，她突然倒地，好像很不舒服又好像太過舒服的樣子。」

瓦爾各看著趴在地上喘氣的岳望舒，「他踏出房門了？」

「對，因為酒瓶掉落，她想幫我們撿……」伊格爾開口。

瓦爾各挑眉，看了看周遭，然後下令，「沒你們的事，退下吧。」

「好的。」伊凡和伊格爾連忙撤退。

瓦爾各轉身踏入房間，關上門。

房裡刺耳又溼黏的叫聲讓他皺起眉，他拿起遙控器關上電視，接著才走到癱趴在地的岳望舒身邊。

「別小看東尉的能耐，試著逃跑只是自討苦吃。」

「我沒有……」岳望舒以乾啞的聲音回應。

瓦爾各回頭，打量了凌亂的房間一眼，「你是故意找碴嗎？」

「你丟我一個人在房裡，我總得自己找點樂子吧……」岳望舒抬頭望向瓦爾各，發出難聽的笑聲，並呼出了一口帶著濃烈酒臭的氣息。

瓦爾各看著這樣的岳望舒，心裡產生了些許的憐憫。

他看出，這是岳望舒微不足道的抗議。無論對方是否打算逃離，經過了剛才那樣的折騰，只會對自己的未來更加絕望。

「我還以為來的是女服務生呢。」岳望舒坐起身，「沒想到東尉在我身上下的幻象是個女的，正嗎？可惜我看不到，我一直很想看正妹對著我做猥褻動作……」

「你難道不能控制一下自己？」

岳望舒發出自暴自棄的笑聲，指了指自己的胯下，「我的遙控器長在這裡。」

「東大人做事有他的原則，你配合點，或許他會重用你。」

「你被他重用了嗎？你被他用了嗎？我就知道你們兩個不單純。」岳望舒不以為然地哼聲，「同情我就給我女人。順帶一提，我是自由主義者，不會屈就於任何強權的。」

「隨你。」瓦爾各無視岳望舒尖銳的言辭，「別和東尉作對，他的能耐超乎你的想像，就算你曾順利逃出協會的監獄，也不可能逃離這裡。」

岳望舒聞言，似乎有點訝異。但他閉口不語，看似在生悶氣。

片刻，他開口丟出了個無關的問題，「你看過東尉的契妖嗎？」

「沒有。」瓦爾各搖頭。

「他的契妖是什麼屬性的？」

「我不知道。我和他相處的時間不長。」況且，他沒見過協會以外的召喚師，不曉得不從者是怎麼對待契妖的。

「你不好奇嗎？」

「那不是我份內的事。」瓦爾各似乎有點煩，「如果你以為他的契妖不在身邊對你有利的話，那就太天真了。」

「並不是，我認為他根本就──」

「這裡是女高中生的宿舍嗎？這麼有閒情逸致，像個小姑娘一樣搬弄別人的是非？」

帶著笑意的嗓音傳來，打斷了岳望舒的話。

屋裡的兩人轉頭，只見東尉不知何時已出現在房內。

他們不僅沒察覺到東尉的存在，連對方進門的聲音也全然未覺。東尉就像鬼魅一樣，悄然地出現在房中。

「不會先敲門嗎？要是我看片時你也這樣闖進來，是想害我不舉嗎。」岳望舒表面上不正經地抱怨，看似坦然從容。

「他叫服務生送酒過來時，不小心踏出了房門一、兩步。」瓦爾各開口稟報。「他醉了。」

「是三步。」東尉望著岳望舒，「但你看起來很清醒呢。」

「被那樣鎖喉，酒都醒了。」岳望舒回望著東尉，「怎樣，需要酒測嗎？我可不吹任何男人遞給我的東西。」

東尉的目光瞥向陽臺，然後望向房間中央捲起的地毯，和已經倒翻的杯子。

「我們的長髮公主似乎很頑皮呢。」

「被變態女巫囚禁，只好自己找樂子。」岳望舒看似從容地回嘴，但他暗自嚥了口口水。不用擔心，東尉不可能看出異常的。鹽與水已經消失，在那麼亂的房間裡，地毯被掀起一角也沒什麼特別的……

「如果我是女巫的話，」東尉一步步走向岳望舒，「我會挖去公主的雙眼，挑斷她的腳筋，讓她看不見離開的路，走不出囚禁的塔。她唯一解脫的方式，就是用長髮勒死自己。」

岳望舒看著面帶微笑的東尉，不發一語。

東尉站得很近，就在他的攻擊範圍內。他腦中有千百種突襲的咒語，千百種妖魔的絕技。

然而此刻，他完全不敢出手。

東尉盯著岳望舒，看見岳望舒眼中的退卻和畏懼，滿意地輕笑出聲。

「既然我們的長髮公主安然無恙，我們可以留些私人空間給他，讓他自憐自艾。」

東尉轉身，準備離去。

「為什麼你知道我進過協會的監獄？」岳望舒忽地質問。

「我看過紳士怪盜的檔案。既然要扮，就要扮得逼真。」東尉邊走邊開口，「畢竟我無法理解蠢蛋的想法。」

「可是，我不是以紳士怪盜的身分進監獄的。」

東尉停下腳步。

「有個二流召喚師，以為我是不從者的契妖，把我送到了妖魔的監獄裡。」岳望舒看著東尉的背影，「我很確定，蜃煬不知道這件事。」

那是紳士怪盜這個角色剛誕生沒多久時的事。

他的手法還不熟練，在一次的失誤下，被召喚師逮到。召喚師以為他是妖魔，對他使出了束縛妖魔的咒語。為了不讓真實身分曝光，他將錯就錯地假裝被捕，然後伺機逃獄。

因為太丟臉了，他沒向別人提起。他相信協會的人也一樣覺得丟臉，不會張揚此事。

只有一種人會知道……

東尉站在原地片刻，輕嘆了一口氣，轉過身，走向岳望舒。

「你知道什麼情報，我根本不在意。」東尉臉上漾著笑容，但房裡的氣氛立刻轉為緊繃肅殺，「就如同我不在意要讓你活還是讓你死。」

他猛地伸手，箝住了岳望舒的頸子，頸上的黑色紋路亮起紅光。下一秒，岳望舒的頭彷彿被無形的手掌抓住，整個人像被機器臂夾中的娃娃一樣懸吊起來。

「你今晚的表現很糟糕，」東尉看著懸在空中掙扎的岳望舒，「最好反省一下。」他低吟了聲咒語。

岳望舒整個人被拋甩入房裡的鐵籠，籠子的門自動闔上，門上沒有任何鎖，但除了東尉本人，無人能打開。

岳望舒全身疼痛，蜷縮在籠子裡發出悶哼。

媽的……死變態……

他在心中暗罵不已，同時也為自己捏了把冷汗。方才被東尉箝住時，他真的以為自己會死。

痛死了……混帳……

他覺得自己的手好像脫臼了，肋骨似乎也斷了一根。

雖然全身疼痛不已，但岳望舒偷偷地揚起笑容。

不過……

他抓到東尉的小祕密了……

Chapter4

暗戀中的人，光是與心儀的對象處在同一空間便興奮不已，彼此交換著吸過的氣體到體腔裡，這是任何器官都無法辦到的深度交合

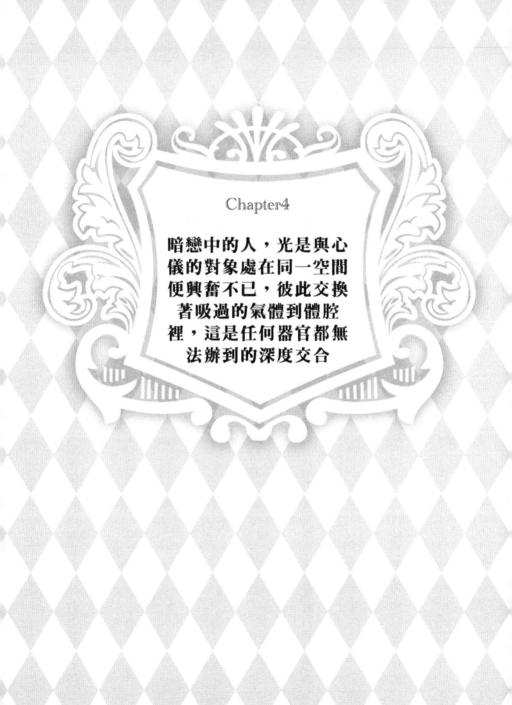

終絃覺得周遭有點吵，但他睜不開眼，意識在深遠而沉重的腦海底層，沒有力氣游上海面，與現實連結。

他可以使用妖力讓自己迅速復原並清醒，但這樣的話會壞了大局，他只能任由肉體的不適與疼痛，將自己困在昏暗的思緒之中。

罷了。他放棄，任由意識向下沉。

他相信柳浥晨能夠穩住全場，搞定一切。

那個任意妄為、叛逆粗野的女人。他深深慶幸，他的蘇麗綰不是那樣的人。

他的？

終絃回神，發現自己正站在古雅老宅的深院之中，外頭明月高懸，空蕩寬敞的廳堂裡站著兩人。一個是他，另一個是蘇麗綰。

這是他的記憶。

「妳是本家的嫡傳長女，有權力也有義務選擇妳的契妖。」終絃看著身穿暗紅色祭袍的蘇麗綰，以嚴苛的語氣說著，「但妳沒有那樣的能力。」

這是立契之日儀式結束後，他對蘇麗綰說的第一句話。

「我知道。我會努力。」

「雖然我是妳的契妖，但若非必要，我不想和妳有太多往來。」

蘇麗綰非常有氣度地微笑，「好的。」

此後，她如自己所承諾的，除了練習和重要場合，她絕不主動靠近終紘。

但是，終紘知道蘇麗綰用其他方式接近他。透過鏡子，假意梳頭，偷偷看著棲身在結界裡的他。

她的視線，總是肆無忌憚地停留在他的身上。那是他第一次發現，謙順得體的大小姐，體內也有著桀驁不馴的因子。

他知道她在偷看，原本不予理會，但日子久了以後，他卻覺得，她也知道他早已發現。

他習慣了那本該讓他感到厭煩的視線。或許，他根本從未厭煩過。

景色漸變，天空變為紫橘相間，時值傍晚。

鋪滿白石子的練習場周圍被盛開的流蘇樹包圍，雖是四月時節，看起來卻像滿林霜雪。

「把妳的纓索練熟。我會驗收，並向老爺據實呈報妳的表現。」終紘冷漠地說著，完全是公事公辦的語氣。

「好的。」

終絃召來一具放在練習場邊的替身憑偶。木製的人偶徒具粗略的人形，沒有五官和細節，但當終絃將自己的一根頭髮纏上了人偶的左腕時，人偶開始變化。片刻，便擁有了和終絃一樣的外貌，連同終絃身上穿的衣服也如實再現。

終絃啟動咒語，讓替身憑偶和蘇麗綰過招對打。

白石場上，身穿白服的兩道身影有如鷂鷹般往來攻防，殷紅的繩索隨之起舞，隨著拋接甩射，在兩人之間穿梭。

蘇麗綰盯著替身的眼神太過專注，終絃不禁懷疑，她不是在練習對戰，而是藉這機會，放肆而直接地把他看個徹底。

「妳若是無心練習，就別浪費時間。」終絃冷聲警告，硬是把蘇麗綰的舉動解釋為偷懶。

「抱歉。」蘇麗綰道歉，接著眼神變得嚴肅，出招的動作更加確實而凌厲。

沒多久，紅繩捕獲了替身的手腕。

替身想甩開，但繩索像蛇般迅速地盤繞上他的手臂，捲住了他的身軀。他掙扎著企圖斬斷紅繩，但蘇麗綰抓著紅繩的一端，靈巧地一邊奔躍，一邊織結。

不到一分鐘，紅繩將替身捆成龜甲縛的模樣，替身完全無法動彈。

終紘看著那長得和他一模一樣的人偶、被絳紅的繩索捆綁成撩人的姿勢。人偶面無表情，他也面無表情，但只有他知道，他花了多大的勁才維持住淡定。

「我表現得如何？」蘇麗綰漾著無辜而天真的笑容，詢問站在場邊的終紘。

「不必要的花樣太多。」終紘就事論事地淡然回應。

他可沒看漏她眼中的挑釁和期待。他知道她在等著看他的反應。

「我覺得在小處變些花樣，可以磨練手感，有助於提升結繩時的速度與難度。」蘇麗綰掛著謙和的笑容解釋道。

「妳有心求好，我無可厚非。」

「所以，你沒有別的想法？」蘇麗綰漫不經心地捲收著紅繩，纖白的秀手伸向替身的身軀，看似要將繩索解開，但動作卻非常緩慢，手掌滑過了頸部、胸口、腹部、腰部——「完全沒有？」

「沒有。」終紘依然淡漠，「我只希望妳早日獨當一面，畢竟妳將來要繼承本家的主母之位，覬覦這位子的人可不少。」

她裝傻，他也裝。

他揮指撤下憑附在替身上的咒語，紅繩捆綁著的替身很快變回人偶。

蘇麗綰仍微笑，笑容裡的挑釁仍在，但多了一絲絲的無奈與失望。

騙子。

他們兩人心裡同時浮現這句話。

場景變暗，化為深黑，回憶中的終紘身影，隨著背景一併消失，只剩下蘇麗綰。

蘇麗綰長嘆了一聲，然後轉過頭，對著始終默默觀看一切的終紘，嘲諷地勾起嘴角。

「膽小鬼。」

終紘心臟跳漏了一拍，接著思緒從潛意識之中硬生生地被抽拔起，與現實接軌。

他想睜眼，但射入眼中的光線讓他直覺地將頭轉向一邊，避開強光。

他感覺自己的臉碰到一團柔軟而溫暖的觸感，不只臉，他的頭似乎枕在一樣柔軟的物體上……

終紘愣了愣，心臟不受控制地騷動。

該不會是她？該不會，他枕靠著的是那溫柔而又柔軟的——

他仍閉著眼裝作不知，放縱了自己偷偷地多賴了兩秒，在自己的罪惡感襲來之前，緩緩地將眼睛睜開。

他擺出冷漠的神情，抬眼一望，本以為出現在眼前的會是那秀麗的笑臉。

但眼神聚焦後，近在咫尺的，是宗蜮那掛著陰沉笑容的圓臉。

終絃錯愕，微微一驚。

「你醒了啊……」宗蜮勾起嘴角，粗圓的指頭戳了戳終絃的臉頰，「是不是做了什麼美夢呢？」

終絃發現，自己躺靠著的是宗蜮的大腿，方才他臉部撞到的是宗蜮的肚腩。

美夢頓時變為惡夢。

終絃立刻坐起身，頭部的暈眩感讓他站不穩，只能再度坐下，「蘇麗綰呢？」

「馬上就到。其他人等一下會過來這裡會合。」宗蜮低沉地笑了幾聲，「你該不會是把我當成她了吧……」

終絃沒回答，怒瞪了宗蜮一眼，接著起身。

他打量周遭。他所處的房間非常豪華寬敞，不只有獨立的小廚房，還有客廳。他猜想，這是某個白金等級的房間，或許就是柳浥晨和百嘹的房間。

房裡此時只有他與宗蜮兩人。

他不喜歡宗蜮。宗蜮身為召喚師，卻沒有契妖；明明是人類，身上卻帶著股妖氣。

更別提他那陰陽怪氣的個性和嗜好了。

「我以為你是個明理人。」宗蜮坐在沙發上，玩著一團像是黏土的東西，低語，「結果你只是個比較高傲的傻子……」

「你在和我說話？」

宗蜮沉默地捏著黏土。黏土很快地被形塑成人臉的樣子。

「妖魔和人類，終究是不同的。即使她的紅繩繫上了你的小指，握著紅繩的手最終也會鬆開。」宗蜮的雙指壓住了黏土人的眼睛，向下拖曳，笑臉瞬間變為扭曲的泣顏，「不是抱著缺憾面對未來，就是為之化為瘋狂，妄想著改變未來……」

終紘知道宗蜮在暗示什麼，但他不願承認，「我不懂你在說什麼。」

「我看過這樣的例子。血淋淋的實例。」宗蜮抬頭望向終紘，「那實在是讓人不舒服的經驗，我不想看到身邊又有白痴犯一樣的錯。」

終絃感到惱火，「和你相處也是不舒服的經驗。或許造成你不適的不是旁人的作為，而是你自身的存在。」

宗蜮把黏土人揉爛，發出刺耳的笑聲，「謝謝你的讚美。」

終絃想離開房間，但此時房門恰好開啟。

進門的是殷肅霜和瑟諾，後面跟著蘇麗綰和曇華。

看見穿著緊身旗袍的蘇麗綰，終絃的眉頭深深皺起。

「其他人呢？」殷肅霜開口。

「等等就到。」宗蜮開口。

蘇麗綰走向終絃，詫異地發現他身上衣服有多處破損，頭髮也凌亂不已。

「小柳說你和別人玩摔角，我以為她在開玩笑。」蘇麗綰眨了眨眼，「她說你被直拳打昏了。」

「那是因為我不能施展任何咒語，以免洩露身分！」那該死的女人！

「我知道。」蘇麗綰笑了笑，「真可惜我不在現場。」

「妳在的話也沒有任何幫助。」終絃刻薄地諷刺，掩飾自己的焦躁。

膽小鬼。

他覺得自己耳邊又響起那陣輕笑。

「說的也是。」蘇麗綰溫順地點點頭，認同終絃的指責，「因為我可能會失手勒死那個揍你的人，這樣任務就被我搞砸了呢。」

終絃看著蘇麗綰。在那溫順的眼眸裡，有著明顯的挑釁，以及直接的熱情。

他撇頭避開視線，無視蘇麗綰。

膽小鬼……

片刻房門再度開啟，柳浥晨、封平瀾、伊凡、伊格爾、冬犽、墨里斯以及希茉陸續進入屋中。再梢晚一些，海棠獨自進門，他的臉色有點糟。

大部分都到齊，只差兩人。

殷肅霜看了到場的人一眼，開口，「各組回報消息。」

「有一個叫瓦爾各的座狼。」墨里斯解釋，「他是黑金卡等級的房客。」

「他住一六〇一號房。」伊凡接著開口，「我們剛去了黑金等級的套房區，房裡還有一個女人，她喝了很多酒，行為很怪異，看不出是妖魔或人類。我們本想進房，但後來座狼出現，把我們趕走。」

「或許她是他的召喚師吧。」封平瀾猜測。

「關於座狼，你們還知道些什麼？」

希茉搖搖頭。

「座狼擅於體術，那傢伙是個高手。」墨里斯一臉躍躍欲試，似乎很想和對方較勁一番。

「還有呢？」

「嗯，他的那裡還頗大的。」封平瀾開口，他回想方才在美體中心的經歷，不自覺地看了看自己的手掌，在空中抓了兩下。「大約是——」

「夠了。不用詳述。」殷肅霜望向柳浥晨，「競技場那裡有什麼收獲？」

「有三個妖魔在現場，不過因為某些突發狀況，所以來不及拍下他們的照片，也不確定他們的身邊是否有召喚師。」柳浥晨尷尬地笑了笑，「不過我認得他們的臉，如果再遇到的話我可以指認。」

殷肅霜挑眉，「就這樣？」他原本預期柳浥晨能夠得到更多情報。

「噢，當然不只如此。」柳浥晨將手伸入口袋，掏出一大疊微皺的鈔票。「我們贏了不少錢。」

她之所以沒和宗蜮他們同行，便是去領賞金。

「原本會有更多，但主辦單位比國稅局還摳，抽成抽得超高。本來他們要轉帳給我，但我要求換成現金，又被削了一筆手續費。」柳浥晨邊說邊搖頭，語畢還咒罵了一聲。

殷肅霜輕嘆了一口氣，「方才在賭場，瑟諾放出了標記的花粉。只要賭場內的人發動咒語或妖力，身上便會出現特殊的香氣，我們可以藉此追蹤，確認目標。」

「就算他們在盛夏的天氣裡連續工作數日不洗澡，或是在泥坑裡打滾，香氣也不會消失。」瑟諾坐在一旁抽菸，悠悠補充，「我試過。」

眾人看了瑟諾一眼。

海棠在一旁默默不語，不吭聲。

「順帶一提。」殷肅霜看向海棠，「剛才謝了。你的臨場反應不錯。」

海棠愣了愣，他本以為殷肅霜沒發現。他淡淡地點了點頭，露出了不在意的表情。

房門再度開啟。金色的人影進入房中，身後跟了另一個人。

「我遲到了嗎？」百嘹看了蘇麗綰和曇華一眼，非常不吝嗇地流露出讚賞的眼光，

「噢，早知道有這樣的美景可以欣賞，我應該早點到的。」

蘇麗綰和曇華微笑。

終紘和海棠同時不以為然地用力翻了白眼。

「順帶一提，我帶了個有趣的東西回來。」

百嘹退開，身後的人現身。

「晚安，大家。」清原謙行非常有禮貌地鞠躬問安，彷彿下一秒就要遞名片似的。「打擾了。」

柳浥晨挑眉，「這傢伙怎麼在這裡？」

「其實我是跟蹤柳小姐而來的。自從上次見面，我便被柳小姐所吸引。我潛伏在柳小姐身邊，搜集柳小姐的貼身物品，並打探了小姐的消息，只為了更貼近柳小姐。」清原微笑著說完。當他看見眾人一臉錯愕地看著他時，才不好意思地苦笑，「不好笑嗎？」

「呃，我覺得不錯，相當雋永的幽默回應。」封平瀾非常好心地安慰。

「謝謝。」

「清原先生，您是一個人行動，還是有其他親友同行？」殷肅霜客氣地詢問。

「我是一個人參加，想說在這裡可能會有豔遇。」清原笑了笑，「冬天一個人睡很冷，所以想找個伴。」

「這船往南半球開，那裡現在是夏天，一個人也非常溫暖。」冬犽微笑著回應。

百喨看向冬犽，沒多說什麼，眼中卻閃著明顯的笑意。

「你的頭髮濕了。」冬犽不著痕跡地來到百喨身邊，壓低聲音輕語。

「突發狀況。」

「他的頭髮也濕了。」

百喨回頭，笑問，「你在意？」

「發生了什麼我必須在意的事嗎？」冬犽微笑著反問。

百喨搔了搔下巴，低聲回應，「那要看你在意的是哪種事了……」

清原笑了笑，繼續解釋，「總之，我本是來搭郵輪旅遊散心，沒想到意外地遇到百喨，聽說了你們正在執行任務。」

「也太剛好了吧。」柳浥晨質疑。

「妳真以為他是為了跟蹤妳而來？」墨里斯瞥了眼穿著破爛男裝、臉上還有些髒汙的柳浥晨，吐槽，「真有自信。」

柳浥晨直接對著墨里斯的腰後出了一拳。

「清原家除了神社以外，幾個分家也在本家的支助下成立了貿易公司和旅館，和許多企業行號有所往來。事實上，郵輪所屬的賀爾班家族也有成員是我們的合作對象。雖然商業方面的事與我無關，但仗著清原家本家的名號，還是幫我換來不少優惠。」清原解釋，然後苦笑，「不過，既然你們會在這裡執行任務，或許代表這公司不是那麼理想的合作對象。」

「看吧。」墨里斯哼聲。

「你很吵。」

「基於清原家和曦舫的交情，加上之前合作甚歡，若是您願意的話，我可以盡一己之力，協助你們的調查。」清原誠懇地對殷肅霜道。

殷肅霜看著清原，思索片刻，開口，「能多一位人手，自然是多一分幫助。我會向理事長承報您的義舉，他日必定回報。」

「不用客氣。」清原笑了笑，「說實在的，這趟旅程比我預想的無趣，如果沒遇到你們的話，我應該會無聊死。」

確定清原加入之後，殷肅霜簡要地向他說明任務和當下情況，以及接下來的行動。

「所以，在船上的這段時間，你們只打算偵查，不打算主動出擊？」

「若是沒有突發狀況的話。」

清原點點頭，「所以，你們全都會參加明天晚上的夜宴？」

「只有部分的人會到場。我們分組行動，不會同時待在一個地方。」

「……又是個跳舞喝酒的愚蠢社交晚會。」柳浥晨抱怨。

「不只跳舞喝酒喔，晚會只是前戲，為了午夜的狂歡做熱身準備。」清原微笑，發現眾人一臉茫然，「你們不知道？」

「根據活動時間表，晚會到十一點結束。」

「對，但是還有後續。有些活動不適合白紙黑字宣揚，只有少部分資深的『玩家』才會知道。」清原淺笑，「這是潛規則。」

「所以是什麼活動？」

「白銀以上的房客都可以參與晚宴，但是午夜以後的遊戲，只有白金以上的房客能參加。」

「我們只有四張白金卡。」

「沒關係，還有其他通行證可以入場。」

「什麼通行證？」

清原指了指臉，「這個。」他笑了笑，「這是場縱欲的晚宴，你長得夠好看就能進去。等到舞會結束時，主持人會要每個人交出房卡，然後讓大家隨意抽籤，黑金等級房客先抽，接著是白金等級的女士、男士。抽到誰的房卡，那個人就必須跟對方回房，共度一晚。」

「真淫亂。」柳浥晨看了百嘹一眼，「感覺像是你會舉辦的活動。」

「我才不會那樣。」百嘹叫屈，「如果是我的話，我會省略抽房卡的步驟，直接就地狂歡，呵呵呵……」

果然無人能出其右。

「順帶一提，女性的話則不受限制，任何等級房卡的女人，只要她有辦法知道這夜宴，便可以留下。」

「為什麼有這樣的差別待遇！這是岐視吧！」伊凡不滿。

「或者，你也可以當服務生，不過參與者有不少人身分敏感，不能曝光，所以對場內服務生都會經過嚴格審核。我覺得與其扮成服務生，還不如以客人的身分進去比較方便。」

殷肅霜表示認同。

以目前的情況來看，已經可以確定，妖魔多半是黑卡等級的房客，如果能利用這機會接近他們的話，對於偵查相當有幫助。

「我覺得大家都有進場的水準，只不過小朋友們可能要稍微變裝，比較保險。」清原的目光掃過封平瀾等人。

「變裝的事，交給小蜮兒就沒問題了。」封平瀾拍了拍宗蜮的肩，一副胸有成竹的樣子。

宗蜮手中的黏土，此時被捏成耳朵的形狀，看起來栩栩如生。

「扣除掉白金房卡的四人以及蘇麗綰，其他的人若要進場，可能得費些工夫。」

「我不需要任何打扮。」墨里斯開口。

柳浥晨瞥了墨里斯一眼，「真有自信啊。」

「那隻座狼對我有興趣，他會讓我入場。」

墨里斯知道，瓦爾各體內有著好戰的因子，就和他一樣。

他們兩人都迫不及待地想要較勁比試一番，測試彼此的能耐。

但這話聽在其他人耳裡，卻有著奇怪的涵義。

眾人討論一陣，彼此交換了些情報和意見，接著殷肅霜便和瑟諾討論規劃明晚的行動。

趁著這空檔，清原走向冬犽和百嘹。

「真令人期待吶。」清原笑著開口，望向冬犽，「你好，之前見過面，但沒機會多加認識，你是冬犽對吧？」

「是的。幸會。」冬犽微笑。

「你是他的契約者嗎？」清原由衷地讚嘆，「你有一位非常出色的契妖。」

「我是他的同伴。」冬犽依舊微笑，目光卻射向百嘹，「我很好奇您指的是哪方面出色？」

「他的嘴很厲害。」清原回想，百嘹與櫃檯小姐交談時能輕易說服對方，取得信任，這是他永遠學不來的。「彷彿有魔力一樣。」

氣氛突然變得有點微妙。

封平瀾總覺得清原好像在討論什麼有點越界的事，但好像又沒有。

「我相信。」冬犽點點頭，表示認同，「他總是喜歡把來路不明的髒東西放到嘴裡。」

「哈哈哈，你真幽默。」清原朗笑，「你會做翻糖蛋糕嗎？」

「我沒試過呢。」冬犽笑著回應，「但我願意嘗試。做出來的話，你願意品嘗嗎？」

「當然願意。」

一旁的人紛紛捏了把冷汗。

啊啊啊……這是自殺宣言啊……

門扉再度開啟。

黑色的頎長身影如旋風颳入屋中。

「奎薩爾！」封平瀾興奮地喊，像是迷妹看到偶像出場一樣。

「真會挑時間……」墨里斯冷哼。

奎薩爾看見清原時目光停留了片刻，但沒多作理會和詢問。他直接走向殷肅霜，冷漠而有如機械般地開口回報探得的消息。

「整艘船被縝密的警報和探測咒語包圍，最多只能施展低階元素操控等級的咒語。黑金等級的房區咒語較弱，但一六〇一號房的結界比其他地方都強，僅次於船艙六樓與七樓內艙房。」他看了封平瀾一眼，眼中隱隱有譴責的意味，「船中心有一大片禁咒鐵壁，完全無法探勘。或許那死去的小偷便是在內艙房區聽見了亞可涅的祕密。」

「了解。」

「另外，船上至少有十名以上的妖魔。」

是十三個。

清原在心裡暗暗補充。

「我的影陣包圍船艙時，發現其中一道妖氣憑空消失，我本以為他進入了內艙房區而受阻隔，但那道妖氣再也沒出現，似乎是死了。」

想必是指亞歷斯先生吧，他還窩在更衣室的櫃子裡呢。

清原再度暗忖。

「會不會是內部成員內鬨？」柳浥晨猜測。

清原淺笑。

不對，那是他幹的。

「消失的地點是在溫泉水療區。」奎薩爾把該說的情報說完，便轉身撤離。

速戰速決，不做多餘的交流。奎薩爾的風格。

殷肅霜沉默片刻，「情況似乎比我們預想的複雜。無論如何，執行任務時以全身而退為準則，後天早晨會靠岸，必要時或許必須提早結束行動。」

清原看著奎薩爾的背影。

即使被刻意隱藏，他也感覺得到，奎薩爾的妖力遠超過一般妖魔。

既強大，又危險，那不是能被馴服的野獸。

第一次見面時他便非常好奇，究竟誰有能耐和這樣的角色立契，有能耐駕馭掌控這樣的凶器。

就他看來，在場無人有辦法辦到。

「好傲的妖魔。」清原故作無意地感嘆，「他是誰的契妖呀？」

「是我喔！」封平瀾興奮地舉手認領。

殷肅霜微微蹙眉。他忘了事先提醒，要封平瀾對契妖的事保密。

雖說清原之後也能打探出封平瀾與契妖的事，但他不希望讓對方在有機會和他們互動時便知情，這樣或許清原會看出些端倪。

「和那樣的契妖相處，應該很辛苦吧。」

「不會啊！奎薩爾超帥的！」

「不好意思，請問您該如何稱呼？」

上回基於禮貌，加上行動倉促，所以他沒有主動打探姓名，只知道對方是柳浥晨和海棠的同學之一。不只封平瀾，那對雙胞胎和那陰沉的胖小子，他也不甚了解。

「我叫封平瀾唷！」封平瀾伸出手，握住清原，用力地甩了兩下。

清原聞言頓了一下，「……封平瀾？」

「怎麼了嗎？」

「沒事。」清原笑了笑，「只是剛好想到某個老朋友。」

他對漢人的名字不是很了解。但就他的認知裡，名字相同、或是讀音一樣的情況，並不少見。

不過，這會是巧合嗎？

「今天就到此為止，大家休息吧。」殷肅霜打斷對話，「回去好好休息，明天才是重頭戲，你們必須有充足的精力，最糟的情況就是不免一戰。」

「知道了。」

清原很識相，他看出殷肅霜不希望他和學生有太多互動。畢竟，他出現的理由並不是十分充分，若是細究起來，便會發現他的身上也有一堆祕密。

比方說，他登記上船的名字不是清原謙行。

比方說，賀爾班家族其實和清原家甚少往來，遑論商業合作。

彼此互留餘地，對雙方都有好處。

不過……

封平瀾，是嗎？

他默默地記下了這名字。

長夜將盡，凌晨時分。娛樂休閒中心的各大設施紛紛關閉，享盡歡愉的客人們，各自返回房裡，卸下疲憊，為下一個夜晚的墮落狂歡養精蓄銳。

黑金等級套房區，一派寧靜，走道上隱約能聽見幾間房裡傳來笑語聲和交談聲。

除了一六〇一號房以外。

瓦爾各在房裡的豪華浴缸泡了個舒服的澡。為了方便監視岳望舒，他刻意不關上浴室的門。

他悠哉地躺在浴缸中，透過鏡子反射，看著房間角落裡的岳望舒。對方臉色陰沉地坐在籠中，背靠著牆。

瓦爾各起身，將浴巾圍在腰間，走出浴室。經過籠前時，岳望舒發出了一陣痛苦的低吟。

「東尉說你會治癒的咒語。」瓦爾各停下腳步，看著籠中的岳望舒，「這種程度的傷就唉唉叫叫，太沒出息了。」

「我呻吟是因為被迫看著男人洗一個小時的泡泡浴……」岳望舒抬頭瞪了瓦爾各一眼，視線在觸及對方雄健的身軀時立即撇開，「這是東尉要求你這麼做的嗎？你們這對變態主僕，真的很會整人。」

「既然不想看，你可以轉頭或閉上眼。」

「我擔心上面的眼閉上，下面的眼會被你偷襲。」

「你想太多了。」瓦爾各哼聲，「我也是會挑的。」

語畢，走向一旁的床鋪，開始更衣。

「喂。」岳望舒出聲叫喚，「我想上廁所。」

瓦爾各轉頭，接著走向一旁的吧檯，拿了個空酒瓶拋進籠子裡。

岳望舒趕緊接住，突然的大動作讓尚未完全癒合的傷口引起一陣疼痛。他呻吟著把酒瓶重重地放到地面。

「這是在瞧不起人嗎？」他鄙夷地瞥了酒瓶一眼，「這口徑這麼小，容不下我的巨砲。」

「有興致說笑話，看來你精神不錯。」瓦爾各換上舒適的上衣，躺入寬敞又柔軟的床，發出一陣滿足的低吟。

他從來沒睡過這麼舒服的床。不論是在幽界還是人界。

德利索家族對待契妖就像血汗工廠的老闆一樣。對他們而言，妖魔只是工具，不需要有太多的享受。

他不知道不從者是怎樣對待契妖的，但如果每個人都像東尉這樣的話，這個世界應該讓不從者來掌權——

他想起綠獅子的聖女，皺了皺眉。

——或者，讓東尉來掌權。

「喂。」岳望舒再度叫喚，但這次語氣收斂了點，「我的衣服被血沾髒了。」

「嗯，我不在意。」

「誰管你啊！」岳望舒怒吼，但趕緊緩和語氣，「呃，我的意思是，可以讓我出去洗個澡嗎？簡單地沖一下水就好了。」

「我無法打開籠子。」

岳望舒無奈地嘆了聲，「那，幫我打點水，拿些毛巾過來。」

「……身為囚犯，你的要求未免多了點。」

「既然如此，等一會兒我因為身體不舒服而失禁，你也怪不得我。」岳望舒恐嚇，「這籠子關得了我，關不了我的味道。」

「你就不能安分點嗎？」

「我一直都很安分，結果淪落至此，還被揍成這樣啊。」岳望舒苦笑，「拜託啊，老兄，我看你人不賴，幫個忙嘛。」

「我不是人。」

「有差嗎？」岳望舒輕笑，「把我揍成這樣的可是人類呢。」

瓦爾各瞥了岳望舒一眼，片刻，放棄地嘆了聲，然後不甘願地起身走向浴室。

「順便拿些衛生紙給我呀。」岳望舒得了便宜還賣乖，繼續追加，「還有，我想喝水。」

「少得寸進尺……」

幾分鐘後，瓦爾各折返。他丟了六罐礦泉水和一整捲衛生紙進籠子，然後將一大疊毛巾塞入籠中。

岳望舒接下，拿起放在最上面的毛巾，是濕熱的。瓦爾各把毛巾先泡過了熱水並擰乾。

他挑眉，望向正要躺回床上的瓦爾各。「雖然我不願承認……但是，你真的是個好男人吶。」

「因為我進不了籠子，無法把你打昏，只能用這種方式讓你安靜。」

岳望舒笑了笑，拿起濕毛巾擦臉。

他一邊擦去結塊的血汙，一邊小心翼翼地觀察著瓦爾各的舉動。

雖然不確定對方睡著了沒，但至少可以確定，籠子不在瓦爾各此刻的視線範圍內。

岳望舒拿起一罐礦泉水，偷偷地倒在地上，對著瓶口擰出毛巾上頭沾染的血。

接著，他拿起酒瓶，然後看向貼著淺米色花紋壁紙的牆壁，暗暗盤算。

全身都在疼，他只使用了最低限度的治療咒語，所以傷勢回復得非常慢，斷了的骨頭才剛接合而已。

這種程度的傷，他可沒放在眼裡！

他必須保留體力和咒力。

狠狠地，深深地，反咬東尉一口……

Chapter5

打開家門後，所看到的都是假的，你沒有老公也沒有老婆沒有床也沒有家，唯一能做的就是趁著幻象消失之前加入其中，一同狂歡

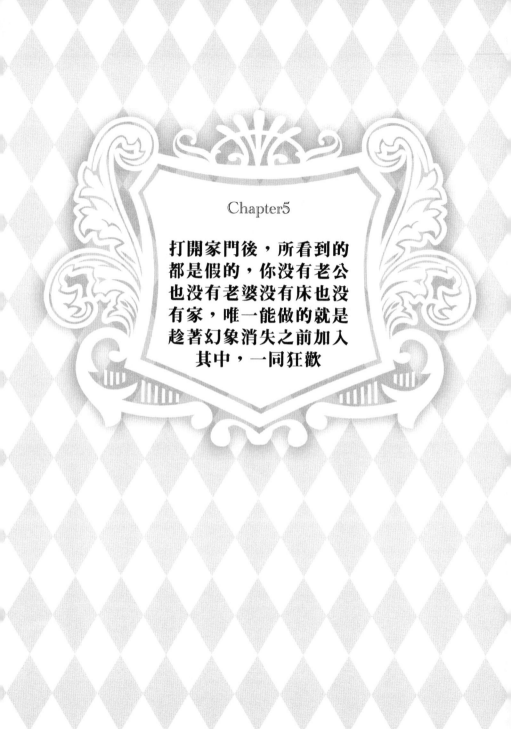

倀狚狼狽地逃離七〇七號房門前。他覺得自己每一步都踩在泥濘上，彷彿隨時都會往下陷，陷入絕望與死寂的深淵。

他衝向電梯，暴躁地按下開門鍵。電梯門開啟時，裡頭的三面鏡子映照出他的樣貌，他死時的樣貌——如同他方才在七〇七號房裡看見的一樣。

鏡子相互映照，堆疊出無窮盡的連續空間，空間裡呈現的是一片幽暗。昏昧不明間，隱約可見大量的屍體與血，有如垃圾般散落在地。

每一具屍體的死法不同，殘破、焦爛、浮腫、融蝕，慘死的受害者們，都長著一樣的臉，是他的臉。

這一定是咒語，是幻象。

他的理智在瞬間便這樣告訴自己，然而即便知道是幻象，他的內心卻起了反應，被恐懼給吞噬、操控。

殺掉。快殺掉。

幽昧之間，他聽見有個熟悉的聲音在他耳邊呢喃、催促。

殺了誰？

他在心中反問。同時，認出了那個聲音。

是他的聲音。

同一時間，地上無數具毀壞不整的屍體全部轉頭、睜眼，望著倀貊。

殺了你自己。

一股壓迫感襲上他的內心，抓住他的思緒，操控著他的身體。他的手伸入口袋中，握住了細長的匕首，他特製的匕首。

刺下去，你不是最喜歡肝的味道？

何不也嘗嘗你自己的味道——

不！

倀貊幾乎窮盡自己的意志力，才脫離死念的招引。

他落魄地轉身奔向樓梯間，拖著腳步向上跑，一直爬了四、五層樓，才覺得自己完全脫困。

意識和思緒重回自我掌控之後，緊接著而來的是深深的羞憤和懊惱。

他從未如此狼狽落魄，從未那麼難堪！

該死的東尉，他會付出代價的！

倀狚咬牙，推開樓梯間的門，返回自己的客房樓層。

離開公共區域來到客房區時，走道上沒半個人。倀狚踏著急促的腳步，朝著自己的房間走去。在轉角，一名渾身酒氣的醉漢迎面而來，撞了他一記。

「走路不看路啊！」醉漢大聲嚷嚷。

倀狚冷冷地瞥了對方一眼，目光掃向空蕩蕩的走道，接著伸手一揮，瞬間擰斷了對方的脖子。

他以迅雷不及掩耳的速度，把那名醉漢拖入自己的房間裡，關門。

十分鐘後，醉漢腰部多了一個滲透的血窟窿，被扔到浴缸之中。

倀狚舔了舔指頭，將卡在指縫間的肉屑舔淨。

中年男子的肝臟血脂過高，加上酗酒和抽菸，這樣的味道只能算三級品。

雖然不夠美味，但足以壓下他的怒火，讓他冷靜。

倀狚坐到沙發上，背倚著牆，深深地喘了口氣，開始思索。

東尉這傢伙，確實有問題。

他上船之後，蜻蜓點水地晃過了每一個娛樂區。在每一間最頂級、最奢華的店裡，看見了三皇子的手下們。

照祿鰲的說法，三皇子派了不少人在東尉身邊，以協助之名行監督之實，查看東尉是否從中做手腳。然而，這些人顯然沒有盡到自己的職務。

東尉給了那些妖魔很大的權力和物質享受，遠遠超過三皇子所賜。那些傻子們可能以為東尉出於畏懼與尊敬才款待有加，殊不知那是為了讓他們分心。

他做過類似的事，他曾用這樣的方式幹掉了組裡的幾個大佬。

他不知道東尉趁著無人監督時做了些什麼。經過了七〇七號房的事件，讓他了解到，東尉的能力和危險性，遠超乎他們原本所預期。

這傢伙絕對不單純……

有這樣的能耐，絕不甘心居於人下，做跑腿打雜的下僕……

倀貙沉思了片刻，接著望向時鐘。已經過了十二點。雖然船上的夜間娛樂正進行到最高潮，但他無心再做任何調查。在這三千多人聚集的大船上，要找到東尉實在太困難了，而且他去了七〇七號房，要是再有行動，說不定會打草驚蛇。

倀狟起身，掏出匕首，返回浴室，熟練地把那倒楣的醉漢肢解成塊，接著拿起床單，把屍塊包起來，只留下頭和心臟，然後走向窗邊，把屍塊拋入深濃如墨的大海之中。

他把頭顱和心臟放在冰箱裡，嘴角勾起殘酷的冷笑

他找不到東尉，但他有辦法讓東尉來找他。

船艙七樓。寂靜的長廊無半點聲響。

一扇房門自內向外開啟，門的後方不是房間，而是階梯。改造過的房間偽裝成一般客房，連接著六樓的密閉廣場。

東尉踏出房門，接著轉彎，走向七〇七號房。

開門時，他稍微停頓了一會兒，似乎察覺到些許異常。但他沒多作猶豫，輕輕地轉開門把，踏入房間內。

凌晨兩點，房裡的燈仍是亮著的。一個纖瘦的身形窩在沙發上，手中還捧著音樂盒。

他淺笑。那是他們在維也納時買的古董音樂盒，這小子一直很喜歡它。

東尉伸手，將盒子裡頭做成權杖形的金色發條轉了兩圈，清脆的音樂響起。

窩在沙發上的人動了動，緩緩睜開眼，「你回來了啊……」

「怎麼不到床上睡？」

「我在等你，你不回來我就不睡，這樣以後你就會早點回來休息了。」小兵睜開眼，露出天真的笑容，「有沒有很感動？」

東尉寵溺地揉了揉少年的頭，「有，感動到要哭了呢。」

小兵微笑，把音樂盒放到腿上，「對了，不久前有一個奇怪的大叔來敲門。」

東尉的臉色一凜，「是誰？」

「我不知道。他叫服務生來敲門，自己站在服務生後面，我以為他們都是工作人員，所以就開門了。」小兵老實地陳述，「結果門一打開，那個大叔就驚慌地跑了，我看服務生好像也一臉錯愕的樣子。」

「這樣啊……」

會恐懼，代表對方是妖魔，受到房中咒語影響，看到了致命的幻象。

但是，竟然有能力逃離，看來對方不是泛泛之輩。

是協會的人嗎？還是疑心病重的三皇子又暗中搞鬼？

他只確定，有老鼠跑上船了。

東尉在心底輕笑了聲。

自尋死路的鼠輩啊……

「服務生說，那個大叔認錯房間，所以叫他來幫忙敲門。但如果是搞錯房間，他自己應該會有鑰匙，幹嘛要敲門，一定有問題。」小兵娓娓描述。

「所以，你覺得是為什麼？」東尉笑著等小兵推論。

「我覺得，那個大叔應該就是所謂的痴漢，他可能是想找個空房間，對服務生下手。」

東尉挑眉，「你又看了什麼怪節目？」

「新聞上都這樣報導的，還有模擬動畫呢。」

「我認真考慮停止訂閱有線電視。」東尉皺眉，「你可以多看點書。」

「一直看書也會覺得無聊啊。」小兵瞥了放在角落的筆電一眼，「一直上網、一直玩遊戲也很無聊。」

「那你想要什麼，我幫你弄來。」

小兵闔上音樂盒，望向東尉，「我可以去上學嗎？」

東尉長嘆一聲，非常惋惜地開口，「恐怕不行，我會擔心。」

「喔，我知道。你說過外頭很危險，有很多人和不是人的東西會對我們不利，所以我必須藏起來，掩人耳目。」小兵抓了抓頭，捏起一小撮頭髮。在燈光的照耀下，黑髮隱隱透出了淺金色的光。

「是的。」

「可是，你在外面也會危險呀。」小兵抓住了東尉的手，「我也會擔心。」

東尉憐惜地笑了笑，將小兵的手握入掌中，「放心，我不會有事。只要確定你安全無虞，對我而言就是最大的優勢，該擔憂緊張的是別人。」

小兵挑眉，「你也是痴漢嗎？該不會你也會尾隨年輕服務生，強壓對方到空房裡進行猥褻吧？」他感慨地拍了拍東尉，「不過，換個角度想，如果上新聞的話，你的犯罪過程就會被動畫化呢！」

東尉笑出聲，「你這小子，講得很高興嘛？」他伸手蓋向小兵的頭，用力地揉了一陣，然後搔對方的癢，小兵笑著掙扎求饒。兩個人打鬧成一團，好一會兒才停止。

「其實，什麼都沒有也沒關係……」小兵氣喘吁吁地坐回原位，「你能多陪我就好了。」

「我會盡力的。」東尉保證。

「我們要這樣躲躲藏藏到什麼時候呢?」小兵不安地問，「一輩子嗎?」

「不會的。」東尉篤定地開口，「就快了。」

「真的?」小兵點點頭，接著打了個呵欠，露出深深的笑靨，「我很期待……」

「你該睡了。」

「嗯好，你呢?」

「我洗完澡就會休息，到明天傍晚以前都不會離開。」

「嗯，好……」小兵捧起音樂盒，走回床鋪。

「晚安。」

「晚安……」小兵縮入棉被之中，打了個呵欠，「哥哥。」

白晝，日光驅散夜色，將天空與海洋染回原本的蒼藍。

相較於夜晚的狂歡喧囂，白天的郵輪顯得寧靜不少。甲板上有球場和運動設施，但因為日光太強烈，加上經過昨晚的放縱，所以沒什麼人在外頭。

直到中午時分，室內的餐館與娛樂設施，才漸漸有人出沒。

封平瀾一行人照著殷肅霜的吩咐，在第一晚的勘查結束後，便回房休息。

直到傍晚時分，眾人聚集到殷肅霜的房間裡，包括清原。

「晚宴八點開始。」殷肅霜對著所有人開口，「目前我們有四張金色房卡，班長是女性，可以直接入場，所以她的房卡交給另一個人通行。因此，憑著房卡和性別，目前有八個人進場沒問題。但我希望至少要有十一個人參與晚宴，留五個人在外頭支援。」他望向墨里斯，「你確定你能進場？」

「前提是那隻座狼也在。」

殷肅霜沉思了片刻，「這樣變動因素太多，我們必須想別的辦法讓你進去。」

「用這個吧。」百嘹伸手，在眾人面前秀出黑色房卡。

「哪裡弄到的？」

「借來的。」

殷肅霜接下房卡，發現只有半截，「另一半呢？」

「可能卡在亞歷斯先生的肥屁股裡吧。」百嘹望向清原，兩人心照不宣地笑出聲。

殷肅霜把房卡交給墨里斯，接著對其他人指示，「班長的房卡交給冬犽通行。話說，璁瓏的情況如何？」

伊凡翻了翻白眼，「像壞掉的汙水排放系統。」

和璁瓏同寢的三人，昨晚實在受不了，只好把璁瓏包一包，丟到浴缸裡，讓他一個人睡浴室。

「了解。」殷肅霜轉過頭，目光掃過了房內的人一圈，「那麼，終紘和海棠扮成女裝參與晚宴。封平瀾、奎薩爾、伊格爾、伊凡和宗蜮，在外機動待命。」

「好喔！沒問題！」封平瀾開心地應聲。

雖然他也想參與晚宴，但是想到自己和奎薩爾被分在同一組，一起行動，就令他興奮不已。

相較於開心的封平瀾，被點名的終紘和海棠兩人則是震驚不已。

「為什麼我要穿女裝！」海棠第一個發聲質疑。

「你的臨場反應不錯，觀察力也很敏銳。」癱在沙發上、翹著腳抽菸的瑟諾慵懶地解釋，「雖然有點煩人……」

「為什麼不找封平瀾？他比我更適合吧！」

「海棠你真的這樣覺得嗎？」封平瀾興奮不已，「天啊！我真是受寵若驚！沒想到你竟然這麼肯定我的姿色！啊，該不會你其實已經在心裡偷偷意淫過我穿女裝的樣子了吧？討厭！海棠少爺你好色！」

「閉嘴！你這白痴！」

殷肅霜撫了撫額，「安排封平瀾在機動組，是為了應變其他突發狀況，他有這能耐。」

這只是理由之一。

封平瀾畢竟是一般人。考量到這次有超過十個以上的妖魔在場，若是讓身為凡人的封平瀾待在第一線，太過危險。

「……我不認為我能勝任。」終紘冷冷地出聲。

「但我覺得很適合呢。」蘇麗綰笑著扯終紘後腿。

終紘瞪了蘇麗綰一眼，但她只是微笑，似乎在等著他生氣。

水漾美眸裡，叛逆的光彩再度出現。

終紘撇過頭。

「你很正。」瑟諾開口，「而且你頭髮是長的，連假髮也省了。」

「我是短髮喔！」海棠立刻抗議。「要說長髮的話，那傢伙也是長髮，叫他來扮不是更方便。」他指向清原。

「少爺，人家是客人，是好意來幫忙我們的，怎麼能為難人家？」曇華輕聲提醒，但眼裡卻有著明顯的興奮和期待。

清原倒是不以為意，笑著開口，「我沒扮過女裝，但很樂意嘗試！」他轉頭望向百嘹，「這樣的話，我有幸當你的女伴嗎？」

百嘹苦笑，「我沒和鞋碼超過四十三號的女性約過會吶。」

「因為被踩到的話，可能會很痛。」冬犽微笑著附和。「順帶一提，我的鞋碼也是四十三。」

氣氛突然變得有點微妙，但眾人很識相地閉嘴。

殷肅霜輕咳了一聲，拉回主題。

「變裝的問題，我們已經和宗蜮討論過。如果要轉換性別的話，他所帶的材料不太夠，無法做出太大幅度的易容變裝，所以找骨架和五官陽剛味不那麼重的人來改造比較容易。用刪去法之後，海棠和終絃是最適合的人選。」殷肅霜解釋，接著以嚴肅的語氣警告，「我不希望因為無聊的個人因素，而影響到整個任務進行。」

海棠和終絃皺眉，只能將不滿硬生生地壓下。

接下來，殷肅霜簡短地說明晚宴任務、分配完細節職務後，便解散眾人，各自預備。

封平瀾本想跟著奎薩爾，但是一出房門後奎薩爾就不見蹤影。他只好默默地回到房間，等待晚宴的到來。

海棠和終絃為了變裝，來到了他們的房間。

宗蜮一進房就直奔他的超大行李箱，一邊翻東找西，一邊嘀咕抱怨。

「不早點講……這樣做出來的東西會有瑕疵……」

「小蜮兒放心，以你的專業水準，就算是隨便做出來的東西也很讚啦！」封平瀾在一旁打氣。

宗蜮哼聲，「外行人……」他看了看箱中的東西，嘆了聲，「材料不夠……」

「什麼東西不夠？」

「胸部。」宗蜮皺眉，「要有替代品。」

「我們在廚房有認識的人，我去幫你找。」伊凡自告奮勇地開口。

宗蜮不太放心地看了伊凡和伊格爾一眼，最後只能妥協。

伊凡和伊格爾離開後，宗蜮先幫兩人量了尺寸，接著拿出兩件衣服，以驚人的速度剪裁修改。

封平瀾坐在一旁，像是在看表演一般，不時地發出讚嘆。

「試穿一下。」宗蜮把改好尺寸的衣服遞到兩人面前。

海棠和終絃各自遲疑了一秒才接下。

他們認出了手上的服裝，那是曇華和蘇麗綰前一天晚上穿過的。

「你是故意的？」終絃瞪向宗蜮。

宗蜮回以陰沉的尖笑，沒有正面回應。

「我覺得這衣服很好看啊。」封平瀾以為終絃不喜歡衣服的樣式，連忙幫腔，「晚宴本來就要盛妝打扮，穿這樣完全不會突兀的！」

終絃壓下了對宗蜮的不悅，抓著衣服就地更換。見終絃如此，海棠為了不讓自己看起來彆扭，便也跟著動作。

宗蜮繞著換上女裝的兩人檢查，點點頭。

「尺寸剛好，但，還差一點……」他手一揮，掀起兩人的裙襬，接著拿起剪刀，快速地朝著對方的大腿間裁了幾道。

裙襬降下時，兩圈布料也掉落在地，那是海棠和終絃的內褲褲管。經過修剪，才不至於在行動中露餡。

「搞定。」宗蜮輕笑。

海棠和終絃本想發飆，但仔細想想，幸好宗蜮沒要他們換上女用內褲。

何其微薄的小確幸……

接著，宗蜮讓他們脫下衣服，光裸著上半身，開始上妝。臉部的妝容完成之後，他接著幫海棠接髮。為了節省時間，封平瀾便順手幫忙塗指甲油。

「畫好了！」封平瀾舉起海棠的手，得意地炫耀，「我貼了水鑽在上面，增加奢華典雅感，但為了不讓人感覺太過高冷世故，所以就畫了個笑臉在上面，很俏皮吧！哈哈哈哈！」

宗蜮看著那沾到指甲油而骯髒結塊的黑色水鑽，「看起來像鼻屎……」

「哪有！」封平瀾看了自己的傑作一眼，「遠看還好啊！我覺得可以多貼一些，給人結實累累的豐收感——」

「立刻擦掉！」宗蜮和海棠異口同聲地下令。

沒多久，伊凡和伊格爾返回，將裝了滿袋的胸部替代品一一擺在桌上。

「因為我不知道你們要多大的，所以都拿了一些。」伊凡得意地邀功。

宗蜮看著放在桌面上柚子、柳丁、蘋果、檸檬，最後拿起荔枝，質疑地望向伊凡。

「那是伊格爾拿的。」伊凡立刻撇清關係。

眾人望向伊格爾。伊格爾露出木訥而尷尬的表情。

「原來你喜歡這種大小的。」海棠雙手環胸調侃。

伊格爾低頭，不好意思地開口，「……我只是想吃。」

「全都不合用。」宗蜮皺著眉，否決了每一個選項。「觸感、形狀和附著力，全都不合格。去拿鹽或砂糖回來，越多越好。」

伊凡抱怨了兩聲，拉著伊格爾悻悻然地離開。幾分鐘後，帶著兩大包砂糖。

宗蜮走向行李箱，拿出乾淨的襪子，把砂糖倒入襪子中，接著綁個結，將多出來的一截襪口反套包覆住球體，以針線固定塑形，最後縫合到衣服上。

「哇！」封平瀾看著兩人穿上禮服後的效果，讚嘆，「小蜮兒真厲害！根本是乳房的魔法師！」

伊凡不滿地哼聲，「那直接用塑膠袋裝水不就好了。」

「那樣不好塑型，而且質感太差，」宗蜮一邊幫終紘調整胸部的位置，一邊回答，「而且廉價的塑膠，貼在皮膚上太久會不舒服……」

終紘挑眉，盯著雙手搭在自己胸前的宗蜮。

「……我以為你只想看我們笑話。」

宗蜮不屑地嗤聲，「外行人才拿自己的專業開玩笑……」

終紘不語。但在心中，對宗蜮惡劣的印象稍微有些改觀。

伊凡瞄了海棠和終紘的腳，邪惡地詢問，「不用刮腿毛嗎？」

兩人聞言，重重地一震。

「不需要。」宗蜮回答，從箱中拿出一罐肉色的膏狀物，抹在兩人腿上，形成一片新的肌膚，兩條腿瞬間變得粉嫩而光滑。

「哇。」海棠和終紘也忍不住讚嘆。

一小時後，大功告成。兩位身材修長的美豔女子，面帶尷尬地瞪著封平瀾等人。

「海棠，你好美喔。」封平瀾看著女裝版的海棠，傻笑，「這樣的海棠我可以！」

「你在胡說八道什麼！」

「……我也，可以。」伊格爾吶吶地附和，認真開口，「都可以。」

面對這麼率直的讚美，兩人不知所措，困窘至極。

距離集合時間剩十分鐘，房裡的六人分成兩路，各自行動。伊凡、伊格爾、宗蜮和封平瀾前往船艙的各大娛樂中心巡視，終絃與海棠則前往晚宴廳附近的廣場與殷肅霜等人會合。

夜宴，即將開始。

夕日西沉。

岳望舒坐在籠子裡，看著從陽臺透入的橘色日光。

瓦爾各在十分鐘前接到東尉的來電便離開。此時，房裡只有他一人。

他拿起昨天瓦爾各給他的衛生紙捲，瞄準書桌拋出。紙捲在空中拉出一道白線，落下時，捲筒中心正好套中立在筆座上的原子筆。接著，微微使力，扯動衛生紙，筆座上的筆便隨著紙筒掉落地面。

岳望舒拉著衛生紙的末端，將紙捲回，抽出紙筒中的筆，勾起苦笑。

只剩這一線希望了……

他把酒瓶敲破，用碎片把牆上的壁紙割了一片下來，接著在紙上寫了些字，將紙折成一朵小巧的蓮花——就如同他之前送給被他所眷戀的少女們的花一樣。

他拾起碎片，劃破手指，將血滴在花蕊中央。米色的紙張迅速地吸收了血液，瞬間變為帶著粉嫩的淺紅。

他以雙手捧起紙花，對著中央吹了口氣，送入了深沉複雜的咒語。這道咒語必須在眾多要素湊齊的機緣下，才會啟動。屆時，藏著祕密的花朵，會綻出它真正含藏的訊息。

就賭這一把了。

他望向陽臺，窗戶是開著的。微風吹入，手中的花朵隨風起飛，悠悠晃晃地，飛向了窗外。

若是真有神存在的話，幫他個忙吧。

六樓內艙房。

黑石板上布滿了銀色的紋路，東尉站在雪白的圓形鏡石旁，低誦著咒語。

良久，透明的鏡石泛起了淺藍色的幽光。

「開通了？」瓦爾各詢問。

「還沒，只是預備。」東尉略顯疲憊地解釋，「移動到嵌合點時，才會啟動。」

他轉身，腳步不穩，跌了個踉蹌。

瓦爾各伸手扶住東尉的肩，「沒問題嗎？」

「當然。」

「所以，到時候也是你一個人執行？」

「是的。」東尉微笑，「你擔心我動手腳？」

瓦爾各聳聳肩，「那與我無關。我只是擔心你負荷不了。」

「噢？」

「你倒下的話，我會不捨。」瓦爾各老實地開口。「比起三皇子，我比較喜歡跟著你。」

東尉挑眉，接著搖了搖頭，「瓦爾各，千萬別說這種話。感覺挺噁心的。」

「啪！」

一陣刺耳的靜電聲響起，東尉臉色一凜，轉身，迅速地走上內部樓梯衝向七樓。

他來到七〇七號房門前，門是關著的，上頭的咒語維持運行，沒有被破壞或硬闖的痕跡。

然而房裡的防禦結界，卻偵測到了血的氣息。

他推開門。房裡，小兵正站在桌邊，困擾地盯著桌面。

「你回來了！」小兵驚喜地看著東尉，「我以為你要晚上才回來呢。」

東尉走向前，望著桌面上那蓋著半球形銀罩的餐盤。

血的味道便是從中傳來。

「這是什麼？」

「剛剛服務生送來的。」小兵解釋，「他說有一位先生是你的朋友，要送你一個驚喜。」

「我的朋友？」

「嗯，對，我特地問服務生，那個人是要他交給『東大人』。」

東尉微微皺眉，「你打開看過了嗎？」

「沒有。我不會亂動來路不明的東西。」

「很好。」東尉讚許地拍了拍小兵的肩。「你很聰明。」

小兵笑起來，「因為我知道你沒有朋友。」

「啊，你這壞嘴的傢伙。晚點回來修理你！」

東尉端起餐盤走出房間，折返回六樓。

「那是什麼？」瓦爾各問道。東尉一靠近，他便聞到濃濃的血腥味。

「某位『朋友』送來的禮物。」東尉掀開盤蓋。

餐盤上，放著一顆慘白的人頭，還有一顆心臟，心臟上插了一把刀。

瓦爾各皺起眉。東尉卻笑出聲。

「沒想到三皇子的手下也有這麼幽默的傢伙。」東尉拔起了心臟上的刀，撬開了人頭的嘴。

「不要褻瀆死者……」

「他嘴裡有東西。」

刀尖向外挑挖，掉出一張紙。

「我在看著你。」東尉唸出了紙上的字，「挺浪漫的。」

「你怎麼確定是三皇子的人做的？」瓦爾各好奇。

「這是凡人的屍體，所以不可能是協會的人幹的。」東尉把餐盤塞到瓦爾各的手中，「處理掉。」

「但他們為什麼要這麼做？」

「或許他們知道些什麼，又或者是在虛張聲勢，以為可以知道些什麼。」東尉冷笑，「看來三皇子的手下不是全都頹惰無用，有人懂得扮豬吃老虎。」

他推測，送上人頭的傢伙，和昨晚的訪客是同一人。

「所以，你真的打算對三皇子不利？」

東尉挑眉，「你不是想跟著我？」

「我喜歡跟著你，但嚴格說來，我還是三皇子的部下，我不能直接背叛他而通敵。」瓦爾各露出為難的表情。

「你這波普還挺囂張的呐。」東尉搖了搖頭，「你的同事在我的地盤上殺了人，我得花心力善後，還得提防警察再度找上門，或是被協會盯上。這樣看來，對三皇子交託的任務不利的人，應該是那躲在暗處的傢伙。」他挑釁地笑了笑，「你覺得呢？忠心的波普？」

「你說的有道理。不過，不要再叫我波普。」

「我盡量，波普。」東尉微笑，「我指派你一個任務，波普，你去參加晚宴，幫我盯著，看看有哪個妖魔沒到場，然後午夜前記得回來。」

「我知道了……」

「一路好走，波普。」東尉微笑著對著瓦爾各揮手。

十二樓名為萬神殿的宴會廳，在八點時開啟，然而，場內沒半個人。參與晚宴的貴客們，絕不會準時到場，對他們而言那樣有失身分。直到八點半以後，身穿華服的客人們才紛紛抵達。

入廳後，服務生會給予每個人一枚識別徽章，顏色各有不同，標示著房卡的等級。

殷肅霜等人在四十五分時順利地進入了大廳。

「清原呢？」百嘹詢問殷肅霜。

「他說他晚點到，老家來電有要事處理。」殷肅霜回答。

「這樣啊……」

「你似乎很在意？」冬犽笑問。

百喨揚起嘴角，「我倒覺得，你比我更在意。」

冬犽微笑，接著，猛地揪住百喨的領帶，將對方扯向自己。領帶緊緊地勒住百喨的頸子。

百喨苦笑，「會痛。」

「被四十三號的腳踩到，會更痛。」冬犽笑了笑，「還有，我一點也不在意。」

冬犽鬆手，轉身走向剛進場的曇華，與對方會合，一同行動。

百喨笑望著冬犽遠去的背影，接著在場內遊晃。

忽地，他看到一道修長的倩影。原本不以為意，但當他發現那人穿著的是曇華的衣服時，便忍不住多打量了幾眼。最後，看出了熟悉的影子。

百喨笑著走向正尷尬地拒絕他人搭訕的麗人。搭訕者看對方已有男伴，便識趣地退開。

「我不得不說，宗蜮那小胖子有雙逆天的妙手。」百喨笑著調侃，「不知我是否有幸與你聊聊天？」

「走開……」海棠低咒。

「你的身上有股香味，」百喨將頭湊向海棠的頸邊，嗅了嗅，「我很喜歡的香味，能解釋一下從何而來嗎？」

「因為我的胸部是糖做的。」

「這句話真是引人遐想吶。」

「曇華呢？」

「和冬犽一起。」

「喔……」

另一邊，終絃獨自坐在角落的空位上，彆扭地張望著周遭的景況。有很多人盯著他看，那些視線令他感到毛骨悚然。他想認真地專注在任務上，觀察可疑人士，然而光是要努力不和他人對上視線引來搭訕，就費了他不少心神。

不過效果仍有限。幾分鐘後，一名男子擅自坐入終絃面前的空位。

「一個人？」男子開口。

終絃冷冷地瞥了男子一眼，不予理會。

「很有個性呢。」男子輕笑，「妳的頭髮亂了……」他伸手，打算幫終絃順開髮絲，但是手掌在半空中便被拍開。

兩人同時抬頭。只見蘇麗綰站在一旁，臉上掛著客套的笑容，開口，「他是我的。」

「啊？」

「我的同伴。」蘇麗綰微笑，牽起終絃的手，「走吧。」

終絃起身，跟著蘇麗綰來到大廳的角落處。

蘇麗綰笑著打量他，終絃不耐煩地制止，「夠了，別再看了。」

「好。」蘇麗綰順服地應聲，但目光仍停留在終絃身上。

那雙帶著叛逆與期待的眼神。

終絃皺眉，撇開頭，任由蘇麗綰盯著他。

膽小鬼……

他不是！

終絃伸手，牽住站在他身旁的蘇麗綰，輕輕地捏著對方指頭的末端。這已是他的極限。

蘇麗綰眨眨眼，低頭看了看自己的手，又看向終絃。

「這樣別人才知道我們是一伙的……」終絃仍舊不看蘇麗綰，有點惱怒地解釋，「否則又被無聊人士干擾，影響任務……」

「嗯，好。」蘇麗綰淺笑，沒多說什麼。這樣就夠了。

大廳另一側的吧檯，坐著兩個俏麗的人影。

希茉一進入宴客廳，便鎖定目標，直衝酒吧。

「請給我酒。」她漾著燦爛的笑容開口，然後伸手指了指酒櫃，「我要那個。」

「這瓶嗎？」酒保拿下其中一瓶酒。

「不，我說的是那一排。」希茉的指頭左右晃了晃，「每種都要！」

「妳收斂點……」柳浥晨坐在希茉旁邊，低聲警告，「別喝醉了。」

希茉大笑，「班長，妳真幽默。」她拿起一杯調酒，啜了一口，發出滿足的呻吟，接著一飲而盡，「再來！」

柳浥晨本想制止，但她發現，希茉這樣海量的喝法，讓不少想來搭話的人打退堂鼓，便決定任由她去了。

墨里斯七點五十分時便提前到場，以免其他持有黑卡的人看見而被拆穿。他仿照著清原教他的方法，以指頭夾著斷裂的卡片，讓櫃檯人員看了一眼，便傲然地步入廳內。

但才前進幾步，身後便傳來服務生的叫喚。

「先生，請等一下。」

墨里斯在心裡暗罵了一聲，不耐煩地轉過頭，「怎麼，我不能進去？」

「當然不是。」服務生客氣而恭敬地走向前，遞出一枚徽章，「這是您的識別章，戴上這個，服務生才知道您的身分與其他賓客不同。」

墨里斯挑眉，淡然地應了聲，接下徽章，轉身踏入廳中。

全員順利潛入。

隨著時間流逝，漸漸地無人再進場。九點半時，大廳的正門關上。

廳堂內人來人往，有人坐在桌邊享用美食美酒，有人在舞池中隨著現場演奏的音樂擺動身體。歌聲與笑語充斥，酒氣與肉香滿溢。

一片頹墮奢靡。

坐在角落抽菸的瑟諾忽地仰起頭嗅了嗅。

獨特的花香拂過鼻前，氣味非常濃烈。

「來了。」

Chapter6

既然騎虎難下，乾脆就一路騎回家。老虎屁股上沒車牌，超速或紅燈右轉也開不了罰單

當殷肅霜一行人盛裝打扮進入晚宴廳時，清原則穿著房務人員的制服，悄悄地溜出房間。

雖然他也很想參加晚宴，但他主要的目標不是船上那群妖魔，而是倀狟。

在與殷肅霜一行人交流之後，他很確定，倀狟與那些持有黑卡的妖魔雖有關係，但並非同路。

而且，倀狟顯然比那些醉生夢死的妖魔們更加危險。

他不知道船上的這群妖魔是否與所謂的「三皇子」有關，因為殷肅霜在任務的一些細節上閃爍其詞，避開了敏感的關鍵點。

清原笑了笑，他完全能理解。

對方會讓他加入，應該也是礙於「清原家」的情面，並非出於信任吧。此刻他未出現在會場內，說不定對方也鬆了口氣。

靠著那半張黑卡，清原弄來了制服和一臺推車。

在找尋倀狟之前，他還有件東西要解決。

寄放在櫃子裡的亞歷斯先生，要是再不處理，可能就要發臭了吶。

隨著時間流逝，宴客廳裡的氣氛隨之熱絡歡騰，在酒精與氣氛的催化下，人們不再拘謹，放浪形骸的笑聲與行為此起彼落，換來更多的歡呼與掌聲。

瑟諾看著宴會上的人，眉頭皺起。

「搞什麼鬼……」

「怎麼了？」殷肅霜詢問。

「十二隻妖魔同時發動了妖力，但我看不出來他們做了什麼。而且，很奇怪，他們的妖力不穩定，有許多股能量在房間裡流竄，擾亂了我的辨識……」瑟諾煩躁地低吼一聲，把剩下一小截的菸用力捻熄。接著拿出第二支，不太流暢地以打火機點燃。

殷肅霜盯著瑟諾，「你還好嗎？」

瑟諾看起來有些煩躁，他長吸了口菸，緩緩吐出，然後靠在柔軟的椅子中央。良久，他忽地站起身，向來散漫的臉，出現了認真上進的表情。

「我想到了。我應該親自確認廳裡的每一個人……不，不只廳內的人，整艘郵輪上的每一個賓客我都要一一檢核，找出不從者和他們的黨羽，直接將他們繩之以法！」

「船上有三千多名乘客。」

「每個人只要花五分鐘，給我二百五十個小時就能搞定了。」瑟諾樂觀積極地開口。

殷肅霜微愣，打量了瑟諾片刻，接著伸手摸了他的臉。

「你在發燒……」殷肅霜皺眉，「看來你中了咒語。」

瑟諾的身體非常敏感，就像一張試紙一樣，一旦有人在他身上下了咒，他便會出現類似過敏的反應。

「原來如此。」

「你感覺到什麼不對勁的地方？」

瑟諾抓了抓自己的頭髮，用力地吸了幾口菸後捻熄，再抽了一根，「我覺得非常燥熱，整個人蠢蠢欲動，很想做些什麼事，完全坐不住……」

殷肅霜沉思了片刻。

經瑟諾一提，他也感覺到自己的體內隱隱地躁動，莫名地亢奮。

他轉過頭，打量著周遭。

在場的賓客們都興奮不已，太過歡樂，奔放得彷彿嗑了藥一般。

或許，中了咒語的不只瑟諾，咒語是對所有人發動的。

但，為什麼？這是如何做到的？

殷肅霜回神，發現瑟諾嘴裡含了一整排的菸，看起來像是銜著口琴一般，他正試著把菸一一點燃。

殷肅霜制止了瑟諾，把他壓回沙發上，接著把瑟諾嘴裡的菸抽出，只留下一根。

「振作，這種程度的咒語干擾不了你。」

「我盡力。」瑟諾躁慮地吞吐著煙霧，接著苦笑，「你知道嗎，我甚至覺得想洗個澡，也應該快點回去，把堆積在辦公桌下的那些公文處理掉……」

殷肅霜挑眉，「你讓我開始對敵人有好感了」

宴客廳內，舞池附近的座位區，冬犽正優雅地坐在其中，身邊坐了個貴氣的少婦。對方在冬犽坐下後沒多久便主動過來攀談。冬犽順勢和對方聊了起來，做為掩人耳目的盾牌。

「您的披肩質感非常好。」冬犽微笑著稱讚，「我可以摸摸看嗎？」

「當然！」少婦把披肩的一角遞給冬犽。

冬犽以指尖輕觸，認真地鑑賞披肩的材質，「這是絲綢混羊駝毛製成的布呢。」

「對啊！」少婦喜出望外，「你知道很多呢！」

冬犽微笑，「您最好使用中性的洗劑清洗，洗劑必須先溶於水中之後，再將布料浸入，輕搓五分鐘後取出，以平鋪的方式陰乾，千萬別吊掛曝曬。順帶一提，絲綢容易受鹽分影響，汗水中的鹽會使其產生黃色斑點，在夏季時必須格外注意保養。」冬犽一邊說，一邊示範清洗時的手勢與步驟。

少婦眨了眨眼，「呃，我都請人乾洗。」

「那也是相當好的選擇。」冬犽笑了笑，「不過，自己的衣服，還是在家處理比較安心吧。話說，您的住家也是請人打掃的嗎？」

「呃，對，我家請傭人……」

冬犽點點頭，「交給外人也是種方法，然而有些清潔人員雖有專業技能，在執行時卻不夠嚴謹。我曾看過有人為了便宜行事，竟然在雨天打蠟，完全無視於溼度對蠟質的影響，甚至還沒確定第一層蠟是否乾透就上第二層。」冬犽笑著搖頭，彷彿談論的是一件多麼荒謬的事，「很滑稽，對吧？」

少婦的臉色變得鐵青，她勉強地擠出笑容，「呃，我該走了……」

「怎麼了嗎？」冬犽有點錯愕，「我以為我們聊得很愉快。」

少婦起身，心有餘悸地瞥了冬犽一眼，「你讓我想到我婆婆……」語畢，踩著倉促的腳步，另尋新歡。

冬犽拿起裝著清水的酒杯，啜了一口，掩飾自己的小困窘。

同樣都是人類，交流起來卻困難不已。相較之下，他覺得和影校的人互動起來，還自在多了……

即使是常來找麻煩的蕾娜和曹繼賢。至少，那兩人從不掩飾敵意和對名利的渴望。

冬犽輕笑。

他竟然對召喚師們有好感吶……

忽地，一只盛著聖代的玻璃杯，置放在他前方的桌面上。

冬犽轉頭，百嘹正好坐入自己身旁的空位。

「你的搭訕技巧，和白理睿那小子不分軒輊呢。」百嘹把冰淇淋推到冬犽面前，「給你。」

「謝謝。」冬犽端起玻璃杯，拾起小銀匙，一口一口地吃了起來。

「我發現一件很有趣的事。這裡的妖魔，有幾個我見過……」百嘹低語，「是三皇子的手下，印象中是少尉等級的囉嘍。」

冬犽臉色驟變，眼中浮現殺氣。

「別緊張，我們現在改變了樣貌。」

「但是──」

「我試過了，我刻意到他們面前晃了晃，沒人認出我。我懷疑這些傢伙當初根本沒上過前線，沒親眼見過我們。」百嘹笑了笑，「畢竟與三皇子正面決裂也是戰爭末期的事，自此之後，又在人界過了十二年。現在能認出我們的，只有在最終戰役上的那些人吧。」

「三皇子到底想做什麼，為什麼他不返回幽界……」

「你呢？你又想做什麼？」百嘹反問，「我怎麼覺得，比起復仇，你好像有更想做的事？」

冬犽無視百嘹的疑問，吃了幾口冰，「清原還沒出現？」

「還沒來。」百嘹挑眉，「現在換你在意他了？」

「我不希望他到場。他的行跡太過可疑，先是突然出現在船上，接著又自願幫忙。有太多疑點無法解釋。」冬犽舔了舔湯匙，「我們的處境特殊，不該和來路不明的人有太多往來。不只是你，我不想讓他接近我們的人，特別是平瀾。」

「為什麼？」

「清原他不太對勁。」冬犽沉吟，「每次一靠近他，就讓我有種怪異的感覺，不舒服的感覺……」

「嫉妒的感覺？」

冬犽微笑，抽起插在聖代上的那支捲心酥，戳入百嘹微笑的嘴裡。

「別太自以為是了。」

百嘹拿下嘴裡的捲心酥，笑了笑，將之沾抹了些聖代，接著伸舌舔去。「你似乎知道很多事情，但我猜你不知道冰淇淋除了吃，還有其他用法……」

冬犽挑眉，正要回話時，百嘹再度開口。

「噢，你看，」百嘹拿著捲心酥，指了指大門邊，「墨里斯的姘頭來了。」

約莫十點多時，瓦爾各來到了夜宴大廳。

一踏入廳內，過於刺耳的喧鬧與音樂聲讓他皺起了眉。

空氣中有一股奇異的味道。他認出，那是人類靈魂的味道，生命力的味道。

他踏入的那一刻就理解，為什麼東尉篤定三皇子的妖魔們一定會在這裡。空氣中充滿了能量，那些精力是從每一個賓客身上抽離的。

他想起東尉提醒，不要讓徽章離身，就能好好享受一番。

他低頭看了看自己胸前的徽章，察覺到隱微的妖力在運作，空氣中漫流的生命力透過徽章被引入他的體內。

不得不說，那種感覺確實不錯。

一般賓客身上的徽章，則是將他們身上的精力一絲一絲地抽離，同時釋放出迷幻物質，讓人更加亢奮，而忽略了疲憊感。

他低調地潛入人群當中，確認著三皇子的手下們。

他在廳內潛伏觀察了一陣，一一確認了每個妖魔的樣貌，最後，找出那不在現場的人。

亞歷斯。

他的印象中，亞歷斯是個能力平庸、欲望甚深的妖魔。那看似愚笨貪婪的老傢伙，會是有膽子挑釁東尉的人嗎？

他繼續留在會場裡觀察。

行經角落的吧檯時，他的目光捕捉到了一個讓他眼睛一亮的身影。

瓦爾各緩緩走近那坐在吧檯邊、和一名女子聊天的精碩身影。

「我沒在搏擊場看到你。」瓦爾各開口，「不過，對於你的臨陣脫逃，我並不意外。」

正和希茉談話的墨里斯聞聲，轉過頭，「是你！」

瓦爾各瞥了希茉一眼，「看來你昨晚花了太多時間在床上運動。」他輕笑，「外強中乾吶，年輕人。」

「胡說八道！」墨里斯哼聲，「我可不像那種小便無力、全濺在自己腿上的老傢伙。」

「搏擊場還開著。」瓦爾各挑釁地環胸，「要不要看看是誰先屁滾尿流？」

「我對已經知道結果的比賽沒興趣。」墨里斯哼聲，「需要我讓座嗎？要不要幫你叫碗粥？」

瓦爾各輕笑，猛地對墨里斯的後腦勺出了一拳。

然而，墨里斯的動作更快。他跳下高腳椅，躲過拳頭的同時，也對瓦爾各的側腹刺出一記手刀。

瓦爾各的手快速收回防守，擋下了這一記突刺。他抬腳橫掃，往墨里斯的小腿脛骨踢去，但墨里斯也做出了一樣的反應，兩條腿互相撞擊，發出了一道扎實的肌肉碰撞聲。

墨里斯和瓦爾各分別旋身，收腿。兩人的腿部皆傳來了陣陣的疼痛感。

瓦爾各咧嘴而笑。他很少遇到能和他過招的人。

「你的徽章呢？」瓦爾各詢問。

他本擔心對方會受到徽章的影響而失去體力，使得這場對打不夠盡興，卻發現墨里斯沒有佩戴徽章。

「弄丟了。」墨里斯隨便掰了個理由。

「很好。」瓦爾各也摘下自己的徽章，扔到一旁，「這樣才過癮。」

不靠妖力，不靠咒語，各憑本事，來場貨真價實的對決吧。

墨里斯主動出拳，先劈、再斬，最後來個迴勾。

瓦爾各先閃，再避，最後以退為進，旋身來了個側踢。

兩人的動作凌厲而精準，沒有多餘的大動作，在昏暗的宴客廳中，沒有引起太多人的注意。

兩人一邊過招一邊移動，不知不覺偏離了酒吧旁的窄小空間，來到了寬敞的舞池附近。

隨著打鬥的時間拉長，兩人越發地盡興，投入在其中，進攻與防禦變得更加密集，沒有一刻鬆懈。

瓦爾各彎腰閃過墨里斯的迴旋踢，向上一蹬，隨即出拳。墨里斯向後一個翻身，以些微之差擦過了瓦爾各的拳頭，躍上了略高於地面的舞池。

瓦爾各長腿一跨，也跟著躍入舞池，趁著墨里斯方站定時，猛地伸手，一手捽住墨里斯的肩頭，另一手往對方的臉揮去。

墨里斯連忙回掌，以手掌包住襲向自己的拳頭，另一掌，則是劈向瓦爾各的腰——

「啪！」

聚光燈打在兩人身上。

攻擊在一瞬間定格。

眾目睽睽，所有的目光盯著舞池中的兩人。

一人搭著另一人的肩，一人搭著另一人的腰，瓦爾各與墨里斯看上去尷尬不已。

群眾間傳來耳語聲。

「他們是在打架嗎……」

「有人鬧事的話，要不要叫經理來處理一下。」

「可是，又有點不像，至少他們現在沒有動手……」

拳腳相向、互不相讓的兩人，此時心有靈犀地想著同一件事。

該死，他不該引人注目的……

這下該怎麼下臺？

「繼續跳吧！」百嘹躲在人群中，揚聲鼓動，「只不過是兩個男人一起跳舞，沒什麼好在意的，我支持你們。」

眾人聞言，開始喧騰鼓譟，紛紛表示讚同。

百嘹幫兩人放了下臺階，化解了危機。

但他同時也非常壞心地在階上灑了油。

冬犽沒好氣地看著百嘹，搖了搖頭。

百嘹坐回原位，「忙了一整天，至少找點樂子。」他跟著人群歡呼了聲，接著用力鼓掌。

拉丁風格的快節奏曲子響起。

群眾們期待地看著舞臺上的兩人。

「該死的……」墨里斯低咒。「我要宰了那隻蟲子！」

「剛才出聲的是你朋友？」瓦爾各反問。

「並不是！」

「快點跳呀！」臺下的人開始催促。

墨里斯皺眉，望了圍觀的人群一眼，接著咬牙。

算了。

既然騎虎難下，就一路騎回家吧！

他的手掌一縮，撐開瓦爾各握住的拳頭，十指相扣。接著，停在瓦爾各腰部的手一旋，貼住對方的腰，往自己的方向用力一帶。

瓦爾各穩穩地落在他的臂彎之中，穩穩地落在拍子上，定格。對方愣愣，看著墨里斯。

「這首歌，適合探戈舞步。」墨里斯低語，算是解釋。

接著，他手一甩，將瓦爾各拋出。

瓦爾各旋轉了兩圈，站定。他挑眉笑了笑，用力一扯，反將墨里斯拉向自己，搭上墨里斯的腰，將之舉起。

「你以為我不會？」

墨里斯哼聲，對著瓦爾各揮掌。瓦爾各接下，同時將墨里斯鬆開。

墨里斯躍上地面，一手搭上瓦爾各的肩。

兩人互瞪，但又跟著節拍，較勁似地踩著激烈而熱情的舞步。

在外人眼中，兩人舞步精湛，以驚人的速度變換著步伐，你來我往，差之毫釐便會踩到對方的腳。

但瓦爾各和墨里斯知道，他們是藉著舞步互相攻擊對方，一邊踩，一邊閃躲。

四條腿交錯往來，凶狠而凌厲，但是每一腳都如此俐落，每一步都踩在拍子上，讓人看不出到底是在鬥毆還是鬥舞。

瓦爾各轉腰，把墨里斯甩出，躲開墨里斯的斜踢，接著將他扯回。

墨里斯怒瞪瓦爾各，「你跳錯了。」

「這不是正規比賽。」瓦爾各輕笑。

「正統的探戈，在跳的時候是不笑的。」墨里斯抓到空檔猛地揮腿，但瓦爾各迅速蹲下壓低重心，半空攔截，握住墨里斯的腳踝，然後迅速站起。

墨里斯被高舉，整個人以一字馬的姿態站立。

這組精彩的舞步引起一片掌聲。

「你早就知道他會跳才這樣安排的？」冬犽壓低聲音詢問。

「我只是想看他出糗。」百喙嘖嘖稱奇，「我沒想過他的腿可以撐這麼開。」

瓦爾各的手撫過墨里斯高舉的大腿，「筋骨不錯。」

墨里斯用力將腿掙開，朝著瓦爾各的肩膀甩下。瓦爾各轉腰，旋身，貼上了墨里斯的背。

「老人家做這麼激烈的運動沒問題？」墨里斯輕笑，「閃到腰就直說。」

他轉身，再度與瓦爾各激烈地比舞，比武。

宴客廳內歌舞喧囂時，封平瀾和宗蜮等人兵分四路，在各層樓的娛樂中心與客房區巡視。

接近十一點時，封平瀾趁著巡邏的空檔前往璁瓏的房間裡，想關切一下璁瓏的情況。

雖然他知道，他什麼也幫不上忙。

封平瀾拿起伊凡給他的房卡，刷開門鎖，推開房門。

房裡的床頭燈亮著。在那鵝黃色的燈光中，封平瀾看到了個頎長的黑影。

「奎薩爾？」封平瀾驚訝地詢問。

奎薩爾站在璁瓏的床邊，淡然地回頭瞥了封平瀾一眼，沒多說什麼。

「那個……我是來看璁瓏的。」封平瀾小心地緩緩靠近了幾步，見奎薩爾沒有斥責他，便放膽地走到床邊。

璁瓏正躺在床上，額頭上放了塊濕毛巾，臉色看起來很糟。他已經沒嘔吐了，但是暈眩感讓他無法動彈，只能意識不清地臥床呻吟。

「看起來還是很糟。」封平瀾拿下璁瓏額頭上的濕毛巾，擦了擦那張滿是冷汗的臉。

奎薩爾的目光始終停留在璁瓏身上，看起來十分不悅。

封平瀾乾笑了兩聲，「璁瓏對交通工具向來沒轍嘛。或許他可以把這項技能變成區域限定的攻擊招式，操控嘔吐物攻擊敵人，哈哈哈。」

奎薩爾沒笑，眼神裡帶了絲惋惜。

「在水域的戰場，沒有人能勝得過他。」奎薩爾低語，「……明明是主場，卻沒能發揮長才。上不了戰場的將士，和鏽蝕在鞘裡的劍一樣，沒有任何用處……」

他像是在說給封平瀾聽，卻又像是在對璁瓏說話。躺在床上的璁瓏呻吟了兩聲，像是做了惡夢。

封平瀾看著奎薩爾，他發現，自己突然很羨慕璁瓏。

奎薩爾對任何人都冷酷森嚴，但他感覺得到，奎薩爾以自己的將士為榮。

什麼時候，他也能讓奎薩爾那樣看重他，以他為榮呢？

封平瀾沉思了片刻，突然，靈光一閃。他悄悄地退後一步，默默地扯下頸子上的黑曜石鍊墜，然後，發動——

「奎薩爾，看招——」他舉起黑色石劍，高舉著朝奎薩爾揮去。

奎薩爾從容地轉身，躲過了突襲。

他不懂封平瀾又在犯什麼蠢，他已習慣了對方這種毫無常理的愚蠢舉動。

封平瀾轉身，再度突刺。

奎薩爾再次輕鬆閃過。

然而，封平瀾的劍路忽地一轉，劍尖繞了流暢的圓，向上挑勾，朝著奎薩爾的肩窩刺去。

奎薩爾挑眉，他沒料到封平瀾笨拙的劍法竟然有所轉變，微愣了一瞬。

劍尖擦過他的肩，在衣服上留了道口子。

「哇喔。」封平瀾驚喜地歡呼，「沒想到我這麼強。奎薩爾，你也暈船了嗎？」

奎薩爾皺眉，向前一步，想徒手奪劍。面對封平瀾，他沒有拔劍的必要。

封平瀾向後一躍躲過，然後再次突刺。他的劍路亂無章法，卻相當靈巧活潑，和他本人一樣，機靈而又胡來。

奎薩爾冷眼看著封平瀾的動作，他意外地發現自己並不會感到不快。

從封平瀾握劍、操劍的姿態，看得出對方花了不少心力在練習上。即便仍然笨拙不已，但是人與劍的合諧度相當高。

這傢伙，該不會連睡覺時也抱著劍吧？

像雪勘皇子當年一樣？

封平瀾猛地跳上沙發，將劍高舉過頭，向空中一躍，一邊發出吶喊，一邊朝奎薩爾劈落。

「接招！」

奎薩爾輕鬆側身，接著出掌，擊中封平瀾握劍的手，直接將劍震離對方掌中。

劍落在地，他以腳尖踢起劍，接住劍柄。

「啊！」封平瀾撲跌入空著的床鋪內。他趕緊翻身打算爬起，但是還沒起身，鋒利的黑劍猛地刺入了他臉旁的床鋪內。

封平瀾眨了眨眼，瞄了近在面前的劍刃，目光向上。握著劍的奎薩爾，正欺身在他上方，截斷了他所有的退路。

盯著奎薩爾的紫眸，封平瀾放在腿邊的手偷偷地移向口袋。

「不准拿手機。」奎薩爾冷聲警告。

他已看穿了這傢伙的心思。他知道，封平瀾打算拿出手機拍照。

「奎薩爾好厲害！你會讀心術嗎？」

「為什麼攻擊我……」奎薩爾直接質問。

「我想測試我的劍術。」封平瀾吶吶地開口，「我有進步嗎？奎薩爾。」

奎薩爾不語，片刻才開口，「就算有，在實戰中也撐不了多久。」

「那，奎薩爾可以再教我練劍嗎？」

「那不是我的義務。」

「你說過，我只是工具。」封平瀾直視著奎薩爾，笑了笑，「什麼時候，我才能為你所用呢？我不想變成鏽蝕在劍鞘裡的劍吶，奎薩爾。」

奎薩爾微愕。

「不用花太多時間，就算一分鐘也好，就算只是像剛才那樣對戰也好。我想要學更多。」

「奎薩爾，教我。把你所知道的全部教給我。」小皇子霸道地開口要求，無視自己已精疲力盡，連站著都要靠劍支撐。

「您現在的能力還不足以負荷這一切。」

「這樣才能把我的極限和境界擴張得更遠。永遠停留在安逸範圍裡，不會有長進的。」

「您可能會把自己逼死。」

「防止它發生是你的義務。」皇子揚起桀驁的笑容，「我要把你的一切，變成我的東西。屆時我會超越你。」

「……別太自以為是了。」奎薩爾冷聲，「和真正的戰爭相較，協會的任務只是兒戲。你以為自己在戰場上能有什麼幫助？三皇子麾下隨便一個下等兵都能輕易把你撕碎——」

「奎薩爾想帶我上戰場嗎？」

奎薩爾皺眉，對自己的失言感到惱怒。

「其實，我沒那麼了不起啦，我想學劍，只是為了我自己……」封平瀾不好意思地笑了笑，「這個世界，這樣的生活，是立基在謊言之上。等你們離開之後，這些冒險、這些戰鬥，都將與我無關。和你們相關的一切，可能都會被收回。」

他問過班導。若是奎薩爾他們找到三皇子、返回幽界後，他必須離開影校，離開曦舫。然後，所有在曦舫時和大家一起拍的照片、留下的紀錄、相關的物品，都必須交出、銷毀，以免未來被有心人士利用。他想偷藏一些東西，但他覺得藏了也會被發現。

「我只是想要留下紀念。」封平瀾繼續開口，「你教過我的東西，我永遠不會忘記，也不會弄丟，更不會被奪走。那是只屬於你給我的紀念品。」

奎薩爾盯著封平瀾，那笑著的眼眸裡倒映出了他的臉。

他看見了深沉的無奈與感慨。他分不出那情緒是出於封平瀾，還是自己。

封平瀾趁著奎薩爾分神，忽地伸起手，抱向奎薩爾的腰，「哈哈！有破綻！」

奎薩爾惱怒，猛地站起身，但封平瀾耐力驚人，竟像無尾熊一樣攀著他。

「你——」

一直癱躺在一旁的璁瓏，忽然猛地坐起身，有如屍變的遺體。

封平瀾嚇了一跳，趕緊鬆手，跑到璁瓏的身邊。

「璁瓏，你醒了！你還好嗎？」

璁瓏發愣片刻，甩了甩頭，「我餓了。」他轉動僵硬的脖子，望向封平瀾，「給我牛奶。」

「可是你會吐耶。」

「給我牛奶。」

封平瀾立刻走向冰箱，把璁瓏的儲備牛奶端來。

璁瓏接過後瓶子後一口飲盡，嘴上留了圈奶痕，打了個滿足的飽嗝。

封平瀾緊張地盯著他，退後一步。只要火山有再度噴發的跡象，他便能在第一時間閃避。

璁瓏伸了伸懶腰，舒張筋骨，然後走下床。

奎薩爾看著璁瓏，發現對方已經沒有先前的憔悴。

難道是這兩天連續以毒攻毒，使得璁瓏免疫了？

「你沒吐了耶！」封平瀾開口詢問。「已經不會暈船了嗎？」

「不是……」璁瓏低下頭，盯著自己的腳，片刻，緩緩抬起頭，「船，停了。」

宴客廳裡。

激昂的樂曲進行到尾聲，當最後一個音符落下時，墨里斯和瓦爾各快速地給了對方最後一擊，同時華麗地擺出收尾的動作。

掌聲響起，眾人歡騰，音樂再度演奏，不少人湧回舞池，比先前更加熱烈地狂舞。

「身手不錯。」瓦爾各對著墨里斯讚許。「但仍不及我。」

「你也是。」墨里斯不以為然地哼笑，「以老人家而言，或許你還有時間打造自己的棺材。」

「搏擊場還開著。」瓦爾各看起來意猶未盡，「我們可以無所顧忌地來場真正的對決。」

「奉陪。」

瓦爾各的手機鈴聲響起，他接起。

「玩過頭囉，仙度拉，快午夜了。」

看看時間，已經十一點半了。他轉向墨里斯，「算你運氣好，改天再戰。」

「你不留下來？」墨里斯微愣，「晚宴時間還長得很。」

瓦爾各挑眉，「你希望我抽到你的房卡？」

「並不是！」墨里斯駁斥，「我只是怕你臨陣逃脫罷了。」

「先臨陣逃脫的是你吧。」

「和你過招之後，我信心大增。」

瓦爾各嗤笑，「晚點我就會回來，希望到時候你人還在。」

墨里斯哼聲，「這是我要說的。」

瓦爾各轉身正要離開時停頓了一下，轉過頭，「對了，你找到徽章的話，不要別上。」

他可不希望這多餘的小道具影響到他的樂趣。

墨里斯想追問，但瓦爾各的動作很快，一下子就穿越人群，離開了會場。

墨里斯回到吧檯邊。柳浥晨和希茉都以驚訝的眼神打量著他。

「看什麼？」

「我沒想到你竟然會跳舞。」柳浥晨詫異不已。

「你什麼時候學的？」希茉也非常好奇。

墨里斯用力地冷哼了聲，「哪有必要學？看幾次就會了。電視上有播。」

等其他節目播映時出於無聊，他看了幾回國標舞大賽打發時間，沒想到今日派上了用場。肢體運動方面的活動，對他而言易如反掌，再難、再複雜的武打拳路，他都能輕易學會。相較而言，舞蹈只不過是更加華麗優美又不實用的體術罷了。

「你該不會報名了社區的彼拉提斯吧……」柳浥晨挑眉質問。

「妳想學的話我可以教妳。」墨里斯看了柳浥晨的下半身一眼，「看得出來為了過冬，妳儲存了不少脂肪。說真的，有這麼冷嗎？妳看起來像是住在北極的動物。」

柳浥晨惱怒，直接給墨里斯一拳做為回答。

瓦爾各回到了六樓。

大廳堂內，銀色的字體泛起了幽藍色的光。中央的圓形鏡石，角落出現了一塊黑色的缺口，看起來像月蝕一樣。

黑色缺口以穩定的速度緩緩擴張，不久，便會取代原本的銀白。

東尉轉頭，看向汗水淋漓、滿面紅光的瓦爾各。

「你看起來頗開心的。」

「剛剛在宴客廳裡，遇到了個頗有意思的人類，所以稍微玩了一下。」瓦爾各想起那段在舞臺上的激鬥，忍不住莞爾，「他的『舞』跳得不錯。」

「你會跳舞？」東尉詫然。

「德利索家的契妖，不只是武器、替死鬼，還得身兼褓姆和門面。」瓦爾各解釋，「在各大場合裡，契妖就像名犬一樣，不定時地被主子派出來展現才藝。契妖會得越多，主人越有面子。」

東尉失笑出聲，「很好。看來尾牙時可以派你上臺表演。」

「魔法陣完成了？」

「還要三十分鐘才正式連通。」東尉瞥了地面上的符文一眼，「不在宴客廳裡的人是誰？」

「亞歷斯。」

東尉輕笑，「你確定？」他和瓦爾各一樣，對於平庸的亞歷斯竟然有膽挑釁感到意外。

「是的，三皇子其他十二個手下都在，只差亞歷斯。」

東尉點點頭，「好吧，雖然有些難以置信，不過，至少我們知道之後該找誰算帳了。」

他丟出一根黑色的磔釘，瓦爾各伸手接住，「去把長髮公主帶下來。那根釘子插入鎖孔就能開啟鐵籠。」

瓦爾各看著黑色的釘子，「你要殺了他嗎？」

「為什麼你會這麼認為？」

「我以為他是祭品之類的。」不然沒有理由帶著個累贅。

東尉嗤笑，「你看過哪個宗教拿髒東西來獻祭？」

瓦爾各離開六樓大廳，前往岳望舒所在的十六樓黑金級房區。

Chapter7

所有人都在解決問題時，總有些人混在裡頭瞎忙著給大家扯後腿

清原換上工作人員的服裝，推著空推車，前往溫泉水療中心。

趁著無人時閃入更衣間，鎖上門，接著打開置物櫃。

亞歷斯半妖化的屍體變得腫脹不成人形，過度魁梧的身軀卡在櫃中，像是被嵌在包裝盒裡的怪物公仔。

清原伸手，箝在亞歷斯脖子上的鎖鍊浮起，自動飛入他的手中，他向下一拽，腫脹的屍體便被拉出衣櫃，重重地落在鋪著白布的地面。

清原自腰部的暗袋中抽出兩道帶著利鉤的長鍊。以鉤鍊為鋸，輕鬆地將亞歷斯肢解成塊後，在屍體上倒上一層厚厚的特製油，能隱藏妖魔屍體特有的味道。

他擦了擦手，將處理好的屍塊丟入推車的回收袋之中。

整整衣服，接著推著推車，若無其事地步出更衣間。

「喂！那個清潔員！」

正要離開時，一名經理出聲叫住了正要離開的清原。

清原在心裡咋舌，但表面鎮定，「請問有什麼事嗎？」

經理指了指裡側的更衣室，「你有一簍髒毛巾沒回收。別鬼混！」

「噢噢，非常抱歉。」清原連忙推著載著屍體的推車，走向裡側更衣室，坦然從容地把一大簍髒毛巾倒入推車，堆疊在亞歷斯的屍體上。然後在經理的瞪視下離開。

肢解亞歷斯花了些時間，照他的計畫，他必須先把亞歷斯推回房，然後再前往宴客廳與殷肅霜等人會合。

清原看了看他的手機，上面沒有任何通知。沒人催促，沒人詢問。

他輕笑。看來他也沒那麼重要吶……

清原推著推車穿越大廳，忽地，他看見了一個陰鷙的身影，正坐在圓形廣場的玻璃帷幕邊、啃著切片的西瓜。

清原剎車，詫異地看著那一派悠閒的伥狟。他的目標。

伥狟怎麼會在這裡？

運氣不錯，這下不用再去費神搜尋了。

當清原正喜出望外時，突然想到一件事。

低下頭，看著那堆滿髒毛巾的推車，他微嘆一聲。

啊，真是的……

看來只好再帶著亞歷斯先生兜兜風了。

倀貆坐在大廳旁，盯著玻璃帷幕斜下方。從他的位置，可以清楚地觀察晚宴廳正門。

將那極具挑釁的「禮物」送出之後，他等著看東尉會如何應付。

本以為可以藉此看出綠獅子暗藏多少人馬在這裡，甚至看出三皇子的手下有誰已向東尉投誠。他本以為東尉會因此震怒或慌亂。

然而，什麼事也沒有。沒有任何動靜，像是什麼事也沒發生似的。

而三皇子那票無能的手下也似乎完全在狀況外，依然顧著醉生夢死，一個接一個地前來參與宴會。就連那匹座狼也離開東尉來到了會場。

倀貆看見瓦爾各隻身進場時，略微詫異。

瓦爾各總是和東尉同進同出，加入三皇子麾下的時間也甚短。他一開始懷疑瓦爾各早已被東尉收買，但現在看來，似乎並非如此。對東尉而言，瓦爾各和其他妖魔是一樣的。

倀貆將西瓜籽吐入盤中，拿起餐巾擦嘴。雪白的布巾沾上紅暈，看起來像染了血。

在這關鍵時刻，沒現身的妖魔，只有一個。

亞歷斯。

倀貆在心中冷哼。

沒想到，最不起眼、看似平庸的亞歷斯，竟然才是東尉的心腹……這點可能連三皇子也想不到吧。

過沒多久，倀貆看見瓦爾各離開大廳。

他起身，一面緊盯著瓦爾各一面移動，然後他看見瓦爾各朝電梯走去。

倀貆立刻衝向電梯前，看著電梯口上方的數字燈，一層一層地下降，去了六樓。

他停頓片刻，接著按下電梯，跟著前往六樓。

倀貆進了電梯後，在附近潛伏著的清原隨即現身，朝著電梯前進。

然而行走到一半，他卻被人叫住。

「清原先生？」訝異的聲音從旁響起，「你怎樣穿成這樣？」

清原停步，轉頭，發現是一樣扮成房務人員的宗蜮和封平瀾。

清原愣了愣，看著與自己穿著相同制服的兩人，一時間覺得滑稽不已。

螳螂捕蟬，黃雀在後。沒想到他是第一個被逮到的。

「哈。」

「怎麼了嗎？」

「我們穿情侶裝呢。」清原指了指彼此，「你們怎麼會在這？」他沒回答，先反問。

「我們在巡邏。」封平瀾老實地回答，「剛剛璁瓏醒來，他說船停了，所以我猜船上的某處可能將要進行某些計畫。所以到處看看有沒有可疑的線索。」

璁瓏醒了之後，奎薩爾便從窗離開，再度張開影界，偵查著船艙內的所有動靜。璁瓏則是前往宴客廳找殷肅霜，等對方指派任務。

封平瀾便與宗蜮會合，兩人繼續原本巡視的工作。

「這樣啊……」清原點點頭，「你們去過六樓嗎？」

封平瀾搖搖頭，「沒有，六樓在施工中，進不去。而且班導叫我們不要隨意靠近，等適當時機再一起行動。」

「原來如此。」

「那你呢？」宗蜮盯著清原，眼中帶著警戒，沉聲質問，「你還沒回答你為什麼穿成這樣，出現在這裡……」

「我本來是想參加晚宴的。」清原苦笑，「不過，我覺得我的出現好像讓你們感到尷尬，畢竟我只是個外人，卻貿然加入協助，似乎太過自以為是了。」

「啊？會嗎？」封平瀾傻愣愣地開口。

「有些任務具有機密性，不便讓外人參與。殷先生可能是看在清原家的面子上才讓我加入，但他應該並不希望我插手太多。雖然清原家和協會關係甚深，但我畢竟不是正規的召喚師，實在沒理由干涉召喚師的任務。我昨天思慮不周，沒想到這一層。後來雖想退出，但是都已經加入了，若是臨時抽手，未免太過任性。」清原流暢地說完他早已想好的藉口，「最後我想到一個折衷的方式，就是扮成工作人員在船內巡視。這樣一來既能幫上忙，也不會讓雙方難堪。」

完美的官腔，合情合理。這是滅魔師必備的技能之一，身為一個必須隱瞞真實身分和行蹤的人，總得發揮創意、想出各樣的藉口來掩飾，久了也就熟能生巧、信手拈來。

清原發現，宗蜮眼中的戒備降低了不少。

「原來如此。」封平瀾點點頭，他不太懂成人世界的社交潛規則，那感覺很複雜。他上下打量了清原身上的裝扮和那臺推車，讚許，「你的行頭還真齊全耶！看起來就和真的工作人員一樣呢！」

「你們也是，看起來毫無破綻呢。」清原謙虛地笑了笑。

「……三個工作人員大剌剌地站在這裡聊天，不覺得太過顯眼了？」宗蜮沉聲提醒。

「喔喔說的也是。」封平瀾望向清原，「那麼我們就一起行動吧，彼此照應也比較安全，清原先生不是召喚師，要是遇到妖魔就危險了呢。」

清原有種掉入自己挖的坑裡的感覺，但他仍努力撐起微笑，「好的。你真是……太貼心了。」

他不是召喚師，但對妖魔而言，他是比召喚師還危險的滅魔師啊……

於是，清原只能推著那載著亞歷斯屍體的推車，跟著封平瀾與宗蜮一起行動。

當三人行經外圍的露天走道時，一道風颳過。

封平瀾眼尖地發現，夜空中，有一團不明物體正跟著氣流，在空中飄舞。

「那是什麼？」封平瀾盯著那團東西，瞇起眼想要看清楚。

「只是海鳥之類的吧。」宗蜮沒興趣。

「可是它看起來是圓的耶！有圓形的鳥嗎？」

飛舞的團狀物，像是感覺到有人在注視著自己一般，隨著風緩緩飄降。

封平瀾伸出手接住。

三人低頭一看，那是一朵紙做的粉色蓮花。

「是紙花。」封平瀾抬頭張望了一番，「不知道從哪來的？」

「……無聊的人很多。」宗蜮不以為然地哼聲。

「做得很漂亮呢！」封平瀾掂了掂花朵，舉起欣賞一番，「這讓我想到紳士怪盜。」

清原聞言，挑眉，「你們知道紳士怪盜？」

「當然，是我們逮捕他的啊。」封平瀾得意地笑了笑，「那個浪漫的愛情小偷。」

說實在，他覺得紳士怪盜還頗有趣的，雖然造成了一些困擾，但感覺本性不壞。

「他殺了兩個維安人員逃離，這可不浪漫。」

紳士怪盜在被捕後幹的事，讓他一躍登上滅魔師們的頭號殺戮名單。

「什麼?!」封平瀾非常訝異。

「你怎麼知道的？」宗蜮反問。

「清原家對這些小道消息非常靈通。」清原微笑，「可以借我看一下那朵花嗎？」

封平瀾把紙花遞給清原。

清原接下花的那一刻，花的顏色在瞬間變得更加嫣紅，但一轉眼又變回了原本的淡粉，只有他看見。

他感覺到有咒語附在上面。未借用任何妖力而運行、構築的咒語。人的咒語。能夠使出這種咒語的，通常是滅魔師。

他在心中暗暗詫異，但面上不動聲色。他興味盎然地看著花朵，似乎頗感興趣。

「很精緻呢！」清原露出愛不釋手的樣子。「我老家有一個婆婆擅長折紙，不管是動物、植物還是人，都栩栩如生。這朵花就和她做出來的一樣美。」

「你喜歡的話，送你好了。」封平瀾大方地開口。

清原要的就是這句。

「真的？」清原顯得有些不好意思，「但這是你的東西。」

「只是剛好伸手接到，嚴格說來也不算是我的東西啦。」封平瀾揮了揮手，意示清原不用客氣。

清原微笑，「那就謝謝了。」

「可以走了嗎？」宗蝛不耐煩地催促。

三人再度移動，朝著下一個地點前進。

璁瓏來到了宴客廳外。他沒有白金級以上的房卡無法入廳，只能等殷肅霜出來與他碰面。

他在外頭張望了一會兒，發現只有一個工作人員守在門外。

他抬起頭。天花板上有個自動灑水系統，正好就在櫃檯人員的上方。

璁瓏勾起惡作劇的笑容。

他彈指，隱藏在上方水管中的水流與他共鳴，從自動灑水機噴洩而出。

「啊啊！搞什麼！」服務生驚叫，慌亂地抬頭看著那不受控制的灑水口，連忙跑離櫃檯，向維修部門求救。

趁著對方離開的空檔，璁瓏溜入了宴客廳中。他在場內晃了一下，很快地找到殷肅霜與瑟諾。

瑟諾癱坐在沙發中，臉色看起來很糟。他用力地吸著菸，像是溺水者拚命吸取氧氣一樣。

「喂，我來了。」璁瓏對著殷肅霜揮了揮手。

「你怎麼進來的？」

「靠我的智慧。」璁瓏自滿地指了指自己的頭，他看了瑟諾一眼，「這傢伙是尼古丁中毒嗎？」

「有人下了咒語，這是過敏反應。」殷肅霜沉著臉開口。

他已仔細地搜索偵查了整個大廳，但找不到施咒者，也查不到瑟諾是如何中咒的。

「那你呢？」璁瓏看著殷肅霜，「你看起來也很糟糕，你也中了咒語嗎？話說回來，這裡怎麼有股怪味啊？」他嗅了嗅，「有點像生命能的味道。」

「什麼？」殷肅霜微愣。

經璁瓏提醒，他才感覺到，自己不知不覺間有種莫名的疲憊感。

他轉頭看向周圍。不少人像瑟諾一樣癱坐在座位中，有人靠著牆，有人席地而坐。人們的身體疲憊，但精神異常抖擻，雖站立不住，卻仍竭聲嘶吼笑鬧。

殷肅霜察覺到不對勁。

這時，墨里斯也來了。

「座狼離開了，他說他晚點會回來。」墨里斯開口，「我需要出去跟蹤他嗎？還是留在這裡等？」

瑟諾看著熱舞過後仍神采奕奕、毫無疲態的墨里斯，「你不會累？」

「那只是小小的過招，根本不算什麼。誰像這些人類一樣委靡不振。」墨里斯哼聲。

「……座狼和你說了什麼嗎？」

「沒什麼有用的資訊，我們只是互相咒罵、互相挑釁罷了。」墨里斯頓了一下，「不過，他離開時叫我不要別上徽章。我當然不會別上，因為我的是黑金級，很容易被識破身分。」

徽章？

殷肅霜低頭，看向別在左胸前的徽章。他拉起衣襟，將徽章湊到眼前。

徽章中央嵌著一顆小小的石頭，像是個出口一樣，把他的體力和生命力抽出，送到空氣中。

他扯下徽章。瞬間，昏沉疲憊的身體有種清爽感。他立即把瑟諾身上的徽章扯下。

瑟諾重重地喘了幾口氣，發出如釋重負的嘆息聲。

「你的徽章給我。」殷肅霜對著墨里斯開口。

墨里斯交出放在口袋裡的徽章。

殷肅霜盯著黑金級的徽章，發現徽章中央也有顆小石頭。不過，這個小石頭卻像抽水機一樣，將空氣中的能量流吸入。

原來，這就是人們疲憊的原因！

殷肅霜立即抽出手機，對著眾人下令。

「立刻摘下徽章！」

清原跟著封平瀾和宗蜮在船艙上晃了一陣。他表面上平靜，內心卻一直掛慮著伥貊。

他很好奇伥貊跟蹤的人是誰，上船的目的又是什麼。如果伥貊是三皇子的手下，那這艘船上的妖魔呢？他們隸屬於誰？綠獅子？但，這些妖魔都是僭行者，不受人類控制……

還有，那朵帶著咒語的紙花。

這艘船上藏著的祕密，比他想像中來得更深更巨大。

三人正在客房區巡視著，來到了清原所住臥房的樓層。

他們穿過走道，彎過轉角，前進了幾公尺後，清原突然停下腳步。

「怎麼了？你感覺到什麼了嗎？」封平瀾緊張地詢問。

「不是。」清原尷尬地笑了笑，「我突然想到，我還有一通商務電話要回，是一筆很重要的生意……」

「是喔！那你趕快去打啊！」

「可是……」清原猶豫了片刻，似乎相當不好意思。

封平瀾立刻會意，「沒關係啦！這裡還有我和小蜮兒！」他拍拍胸脯，露出一副可靠的樣子。

「真的？」清原一臉感激，「我會盡快回來的。」

「……反正有你沒你都差不多……」宗蜮低語。

清原再三表示歉意，和兩人道別之後，接著便轉身推著推車朝反方向離開。

他彎回轉角，確認左右沒人之後，便開啟工具室的門，把推車推入。

此時一般套房的房務人員正在休息，不會有人來工具室。他的臥室在同一樓層，到時候要將推車移到他房裡也非常方便。

關上門後，清原踏著飛快的腳步離開現場。

在清原離開後，封平瀾和宗蜮兩人悠哉地巡完整層樓，沒有任何異樣。

「一無所獲啊。」封平瀾有點洩氣，「不曉得晚宴廳那裡情況怎樣？」

「目前還沒死人……」宗蜮看了下手機，「班導剛才下令，要廳內的人取下徽章。」

「喔喔！為什麼？」

「不知道……可能嫌太醜吧，嘻嘻嘻……」

封平瀾停下腳步，思考了片刻。

「我們去黑金套房區那裡看看，你覺得怎樣？」

宗蜮挑眉，「那裡一般服務生不能靠近。」

「伊凡他們昨天去過了也沒怎樣。而且，黑金級套房的房客，應該都在晚宴廳裡，現在過去搞不好是最安全的時刻。」封平瀾說出了自己的推論。

宗蜮猶豫。

「大不了只是一無所獲，和現在一樣。就算被發現了，掰個正當理由就沒事了，反正我們身上沒帶任何武器，又沒契妖跟著，看起來就和普通人沒兩樣啊。」

宗蜮挑眉，對封平瀾的發言似乎有些意見，但他沉默了片刻，終究還是妥協。

「好吧……」說實在，巡邏了幾個小時，他也感覺無聊了。

「我覺得我們應該再多帶點道具，這樣兩手空空地過去，感覺不夠逼真。」封平瀾停頓了一下，「我記得剛剛下樓後沒走多遠就有一間工具室，去那裡看看有什麼適合帶著走的東西吧！」語畢，便興沖沖地轉身。

宗蜮無奈地跟上

五分鐘後，兩個服務生從工具間推著一臺推車，鬼鬼祟祟地離開。

偎貊進入電梯後，按下了六樓的按鍵。

電梯停止，他踏出電梯門，卻發現自己正在五樓。

他重複地試了兩次，電梯就是無法到達六樓。甚至連七樓也一樣。

他試著走樓梯，但是通往六樓與七樓的空間，像是被截斷取走一樣，不管他怎麼走，出來時身處的樓層總是五樓和八樓。

東尉設下了結界。在此之前，沒有這樣的結界存在。

看來，東尉即將要運行通連的咒語了。他支開三皇子的手下，不讓對方支援，是怕咒語失敗嗎？還是另有隱情？

更重要的是……

東尉憑自己一個人，竟能啟動這麼巨大的咒語？

若是如此，這人比他預計的棘手多了……

倀狚站在電梯前，正打算思考其他方式突破結界進入時，電梯門上的數字開始跳動，最後停在6。

倀狚挑眉，站在電梯前靜靜地觀察。幾秒後，電梯再度移動，向上升到十六樓時停止。

十六樓是黑金等級的套房區。是瓦爾各回房了？還是東尉？或者，是那始終未現身的亞歷斯？

倀狚皺了皺眉，猶豫著是要待在這裡想辦法突破結界，還是追上樓去。

他沉思片刻，決定上樓。

東尉的能耐，他無法確定。但如果對手是瓦爾各或亞歷斯，他便有勝算。

瓦爾各上樓回到一六〇一號房。

一打開門，只見岳望舒窩在籠子中。身旁，凌亂的毛巾和衛生紙團疊得像座小山，遮住了一大片的牆角。

瓦爾各敲了敲牆，發出聲響。

「該你上場了。」

躺在地上的岳望舒動了動，「……我要死了嗎？」

「暫時不會。」瓦爾各走向籠子，拿出磔釘，開啟籠門。

「你怎麼確定？」

「因為東尉說你是髒東西。」瓦爾各拍了拍籠子，「動作快點。」

岳望舒爬出籠子，站起身。

瓦爾各看著一身破爛狼狽的岳望舒，皺了皺眉，「你真臭。」

「哼，去和東尉抱怨吧。」岳望舒悻悻然地跟著瓦爾各走出房門。

由於一身髒臭的岳望舒實在太過顯眼，要是搭一般電梯，會引起其他客人注意。於是，瓦爾各便帶著岳望舒，走向走道的另一端，搭乘員工專用的電梯，按下直達鍵前往六樓。

瓦爾各搭的員工電梯關上。另一頭，倀狟所乘坐的電梯正好抵達，開啟。

倀貊站在空無一人的走道上，左右張望。

他不確定上樓的人進了哪一間房。他側耳聆聽，只覺得整層樓過度安靜，沒有任何聲響。

是沒人？還是下了隔音的咒語？

他緩緩地移步，走過一間一間的房門，強化五感，去觀察、感知每一道房門後的動靜。

有酒臭、人的體味、食物的氣味、還有些許的血味，以及妖氣。

最後，他停留在一六〇一號房前。

在這間房前，他什麼都感覺不到。這扇房門就像座實心的石牆一般，阻隔斷絕了所有可以從房裡傳出的訊息。

倀貊伸手觸碰房門，感覺到上頭帶有咒語。

由於昨天的經驗，他對任何房間都存有戒心，因此不敢貿然撞開。

正當他思考著如何安全地潛入時，從走道彼端傳來了腳步聲，引起他的注意。

他躲到角落，靜觀其變。

「大家好像都不在房裡呢。」

交談聲傳來。仔細聽，還有輪子滾動的聲音。

「門都鎖著。」說話者嘆息，「又要空手而歸了嗎？」

倀狟探頭，發現是服務生便鬆了口氣，接著勾起嘴角。

可以利用……

他走出陰暗處，現身在推著推車的服務生面前，擋住對方的去路。

「呃！」

面對突然冒出的倀狟，封平瀾和宗蜮嚇了一跳。

封平瀾認出，對方是昨晚出現在七樓的怪人。

「你們在這裡做什麼？」倀狟先發制人，以凶惡的口氣質問。

「我、我們是來整理房間的。」封平瀾努力地維持鎮定，回答。

「這是我的房間。」倀狟指了指一六〇一號房門，「我的房卡不見了，幫我開。」

「呃?!」什麼？要他們開門？「先生，如果您的房卡弄丟的話，可以去大廳櫃檯重新申請。」

「我現在就要進去！」倀狟怒吼，「你不是來打掃的嗎？用你的萬用房卡幫我開門！」

封平瀾和宗蜮互看了一眼。

只能硬著頭皮，隨機應變了。

「喔，等我一下喔。」封平瀾將手伸入推車之中。他打算假裝忘了帶，然後藉機離開。

「動作快一點！」倀貆大吼。

「喔！是！」封平瀾嚇了一跳，重重一抖，手無意間撥動了推車暗門的卡鎖。位於推車正前方的活動門，忽地向前敞開。

塞在車裡的毛巾山，轉眼間傾崩而下。而亞歷斯被肢解的妖化屍體，也隨之滾落地面。

三人瞪大了眼，看著那散落一地的猙獰屍塊。

空氣彷彿在這一瞬間凍結。

倀貆率先回神，陰狠地對著封平瀾和宗蜮射出一道攻擊咒語。

宗蜮把封平瀾推到一旁，立刻張起防禦咒擋下。

倀貆瞪著宗蜮和封平瀾，咬牙切齒地低吼。

「你們……是召喚師！」

清原和封平瀾分散之後，便搭電梯前往六樓。

他發現不管怎麼按，電梯開門時都不是他的目的地。他試了其他樓層，發現七樓也是一樣。

他走向樓梯間，發現樓梯也被設下了結界。

「麻煩吶……」清原站在五樓的樓梯上，手扶著扶手，探頭向上望。「藏得那麼嚴密，到底放了什麼寶藏在裡頭呢？」

他用手，兩道鎖鍊自身後射出，穿過空中，纏上六樓的欄杆。

被異物入侵，結界開始震動、抗斥。空氣中接連響起靜電聲，鎖鍊周遭冒起了點點咒語火花及焦臭味。但是，尚未攻破。

清原挑眉。

看來是個狠角色。

他射出另一道鎖鍊。

結界的震盪加劇，靜電聲更為密集。最後，空氣中傳出一陣破裂的聲響。他順利地把結界鑿出了個洞。

清原嘖聲。

本來想整個拆毀的……算了。

他站在欄杆上，拉著鎖鍊向上一躍，攀住了六樓的扶手，接著一個翻身，降落在六樓樓梯間。

輕鬆搞定。

他笑了笑，推開門。踏出的那一刻，數十道攻擊咒語向他襲來。

清原閃過並展開反擊，但攻擊一波接著一波，毫不停歇。除了咒語，低階的浮游妖魔忽地被增強了妖力，紛紛具現化，變成醜惡又原始的怪物，朝著他湧來。

該死，他就知道沒那麼容易！

六樓。

黑石板上的符文越來越明亮，色澤不斷變動，像是有千百條金魚在其中游走。

中央的圓形鏡石，已被大片的黑暗覆蓋，只剩邊緣處一道細如新月的白光。

東尉站在圓石中央。瓦爾各押著岳望舒，站在一旁。

岳望舒緊盯著魔法陣。他感覺得到，來自異界的能量與氣息，不斷地從黑洞裡竄出。

「這個通道通往哪裡？」岳望舒開口。

「幽界。」東尉直言不諱，輕笑，「你運氣不錯，這一回，是規模最大、數量最多的一次。」

「什麼數量？」

「偷渡客的人數。有一大票妖魔精兵會透過這通道，和他們那無情的主子會合。」東尉笑了笑，「希望能來幾個有出息的傢伙。」

岳望舒愣愣，「你明明是人類，卻站在妖魔那邊？」

「不對。」東尉望向岳望舒，「我一直都是站在我自己這邊。」

忽地，他感覺到些許異樣。

東尉從口袋中拿出一塊淚滴狀的水晶。通透的水晶亮著藍色的光，隨著光線的明滅，傳出一陣陣波動。

有人正在船上施展咒語。看這光澤，是召喚師的咒語。

看來協會的人上船了，真是學不會教訓吶。

藍色的光忽地消失，轉為紅光，紅與藍不斷轉換、交錯。

似乎有妖魔和召喚師槓上了。

此時，刺耳的鈴聲響起。

急促的鈴聲，通報著有人闖入六樓，防禦和攻擊結界同時發動。

東尉苦笑，「真會挑時間……」

「你的派對似乎要提早結束了。」岳望舒幸災樂禍。

「現在該怎麼辦？」瓦爾各開口。

即便警報聲大作，水晶也不斷閃爍，東尉卻仍然一派從容。

「該是三皇子那票雜魚上場的時候囉。」

他微笑著，拿起別在自己胸前的徽章，湊上唇，發動咒語。

宴客廳。

柳浥晨等人照著殷肅霜的命令，將徽章拆下。

「那些妖魔把我們當能量飲料吸?!」柳浥晨憤恨不已，按著手機訊息。

「**什麼時候可以開扁？**」她傳送訊息，詢問殷肅霜。

「再等片刻，伊凡和伊格爾通報五樓通往六樓那裡有些異常，而且他們聯絡不到封平瀾和宗蜮。」

「那兩個傢伙應該在其他地方鬼混吧？」璁瓏回訊。

「要先過去伊凡那裡嗎？」蘇麗綰發訊。

「不，等晚宴結束後再過去調查。先按兵不動，靜待時機。」

「要等到什麼時候？」墨里斯問。

「啊啊啊啊！」尖叫聲從人群中響起。

眾人回首。

只見在人群間，出現了十二道詭異而龐大的身形。非人的異類，身上披掛著被撐破的西裝，左胸前的徽章亮著紫色的光芒。

三皇子的手下在瞬間被強制半妖化，在眾人面前現出了他們隱藏的外貌。

「就是現在。」殷肅霜發送命令，「進入戰鬥！」

人群紛紛向門口移動，想逃離這些突然出現的怪物。

妖魔們對於這樣的轉變也詫異不已。

雖然不清楚身上為何會發生這樣的變化，但他們很清楚一件事——

不能讓這些目擊者離開。

一名妖魔朝大門投出咒語。湧向門邊的人在觸碰到門板的那一刻，發出痛苦的叫聲，與門板接觸到的肌膚呈現出燙傷般的紅痕與水泡。

「全部，不准離開。」一名長著有如鱷魚般臉孔的妖魔，露出尖銳的牙齒。

其他妖魔也開始對人類發動攻擊。

致命的咒語，擊向在場內竄逃的人類。然而，就在將要擊中目標時，一陣風颳過，將之擋下。

自動灑水器噴灑下大量的水，水滴落地後，凝聚成薄壁，包圍保護住驚惶的人群。

一名妖魔轉身想找尋施咒者，但卻被橫空甩來的大槌打歪了腦袋。

「砰！」妖魔倒地。

柳浥晨手握長槌，看起來非常過癮。「就是在等這一刻。」

妖魔們騷動。

「是召喚師！」

「我們人多勢眾，不用怕他們！」一名妖魔怒吼，搧著布滿毒瘤的翅膀，朝著柳浥晨噴射毒液。

帶刺的長鞭破空甩下，將毒液掃開。同時，鞭上的刺射出，朝著妖魔襲去。

妖魔連忙退後，但仍被擊中了幾根。

「不好意思，我們也人多勢眾。」握著長鞭的百嘹，微笑著開口。

殷肅霜穿過騷動的人群，找到了希茉。

「讓他們冷靜點。」

希茉笑著點點頭，輕巧地躍上了吧檯。

吧檯後方，堆著數十支空了的酒瓶。希茉喝得很盡興，她從未這麼開心過。

她拔下頸子上的音叉墜飾，墜子在她的掌中瞬間變大，化為長戟。

她握著音戟，居高臨下，朱唇輕啟，發出了一陣人類無法發出的響聲。獨特的頻率在整個場內擴散、震蕩。所有人類都陷入了沉睡，就連敵我雙方的人馬也都昏然欲睡。

「不要對自己人發動……」殷肅霜雙手撐在吧檯邊，疲憊地發出提醒。

「抱歉抱歉。」希茉不好意思地道歉，「調頻！」

她再度發出一個音，改變咒語。昏睡的只有一般人，召喚師和契妖則不受影響，包括敵方的人馬。

重新振作的雙方再度陷入激鬥。

三皇子的其中一名妖魔打量了大廳一眼。

召喚師的人馬有十二人，他們只有十一人。在這有限的空間裡對戰，他們就像是甕中之鱉。

他望向簾幕半掩的落地窗，丟出一記咒語。

玻璃爆破碎裂，妖魔衝向窗口，飛躍而出。其餘妖魔見狀，也跟著行動。

「別讓他們跑了！」殷肅霜大喊，躍向一名企圖跟上的妖魔面前，阻斷退路。

但已有六名妖魔逃出。

柳浥晨、冬犽離窗邊較近，便也跟著跳出破窗。

墨里斯和百嘹緊追在後，跟著躍出。

「你確定沒問題嗎？」百嘹在起跳時，對著身邊墨里斯開口。

「這點高度能有什麼問題！少瞧不起人！」墨里斯俐落地躍起。

「可是，下面是游泳池呢……」

墨里斯瞪大眼，想要折返，但已經來不及了。

Chapter8

游泳池之所以加了氯其實是爲了掩蓋尿味

影幕自船艙外側包裹住整艘船，像蛛網一樣感知並傳遞著船上發生的異動。

奎薩爾站在夜空中低頭凝望。六樓與七樓間的結界在船停止航行後，密度與敏感度達到最高峰，完全無法接近探觸。

忽地，他感覺到在十六樓的黑金級房區，有明顯的妖力發動。接著，召喚師的咒語也隨之運作。

不到一分鐘時間，影子再度傳來激烈的訊息波。

晚宴廳裡，數十道妖氣暴增。沒幾秒，妖力與咒語開始此起彼落地爆起。

戰爭已然展開。

敵我雙方不再躲藏，正面開戰。

船上同時有兩方在戰鬥，奎薩爾猶豫。

他該前往哪一邊？十六樓的戰鬥規模較小，巡邏組的人正與妖魔單挑；晚宴廳的戰鬥激烈，召喚師與妖魔們使出全力對戰。

封平瀾會在哪裡？

那個傢伙總是不按常理，他可能乖乖地跟著巡邏組一起行動，但也有可能一時興起跑到晚宴廳裡湊熱鬧。

該死的，為什麼那小子總是不安分，為什麼他——

奎薩爾怔愕。

他赫然發現，自己竟然以封平瀾的安危為優先考慮，以封平瀾的處境做為行動的依據！

他露出了不可置信的懊惱表情。

不該是這樣的……

忽地，內心傳來一陣悸動。

他聞到了。

影子傳來了血的味道。

那新鮮、溫熱、甘美而又熟悉的腥甜味，挑撥著他的欲望，他的獠牙因飢渴而隱隱發疼。

照理說，那血味不該那麼清晰，但這味道，卻宛如近在眼前——

招引著他，呼求著他，警告著他。

那是封平瀾的血！

奎薩爾在一瞬間撤下影幕，乘著夜色，有如旋風，朝著契約者的所在位置捲襲而去。

墨里斯正在向下墜。

打著藍燈的泳池，在夜裡閃著優美的波光，像是寶石一般。

這水很淺，跳下去就像踩在水坑裡一樣。墨里斯在心裡安撫自己。

「放心，泳池很深，至少有兩公尺。」百嘹的聲音在他耳邊響起，「你不用擔心會摔斷腿。」

墨里斯的心涼了半截。

眼看水池離自己越來越近，那晶瑩的透藍近在咫尺。

下意識地，他做了件自己未來絕對會後悔的事——

他伸手抓住身邊的百嘹。精實有力的手掌，緊緊箝住了對方的手臂，然後把對方扯入懷中，像是抓著救生圈的溺水者一樣，即使他尚未溺水，只是即將溺水。

一直幸災樂禍的百嘹，為這突發的狀況而愣愣，「你——」

下一刻，兩人紛紛落入水中。

墨里斯緊閉著眼，抓著百嘹，兩人沉入水中。百嘹用力地搥打墨里斯，要他鬆手，但墨里斯魁梧的身體堅硬得像石頭一樣，水的浮力也減弱了攻擊力道。

低能的畜牲……

百嘹在心裡咒罵。

他低頭，只見墨里斯閉著眼，抿著嘴，僵硬地緊揪著自己。他突然覺得好笑。

不是最討厭我的嗎？

沒想到，愚蠢的筋肉野獸，也有可愛的一面吶，呵呵……

兩人繼續向下沉，最後躺在泳池底部。

百嘹伸指彈了彈墨里斯的頭，對方仍然一動也不動。

他在心裡輕嘆了一聲。

只好這樣了。

他在手中凝聚妖力，強大的妖力聚集在拳頭上，閃爍著耀眼的金光。接著，他瞄準墨里斯的頭，打算用重度暴擊將對方打昏，這樣兩人才有逃脫泳池的機會。

不過，他向來不知道控制力道。他猜，墨里斯的頭應該夠硬，承受得了這一擊。

反正，就算壞了，應該也和原本沒什麼兩樣吧，呵呵呵。

當金色的妖力將要發射時，池中的水忽地劇烈晃動，水流向兩邊掀開，立起兩道水壁，露出了躺臥在泳池底部的兩人。

「沒事吧？」璁瓏的聲音從上方傳來。

墨里斯似乎沒聽見，也沒感覺到周遭的變化，仍然緊緊地箍抱著百嘹。

百嘹輕笑，伸出修長的指頭，用力戳向墨里斯閉著的眼。

墨里斯嚇了一跳，睜開眼。發現身邊的水已被排開，自己身處於空氣之中。

他鬆了口氣。

「起來，廢物。」百嘹不耐煩地輕語。

墨里斯低頭，看見被自己箍壓在身下的百嘹，正似笑非笑地望著他。他趕緊鬆手，跳開。

「我還以為自己會和一頭愚蠢的畜牲葬身水底呢。」百嘹諷笑。

墨里斯本想回嘴，但畢竟是他理虧，只好努力地咽下不滿，低沉而含糊地開口，「……抱歉……」

「不用抱歉。」百嘹笑了笑，「因為我永遠會拿這件事來恥笑你。」語畢，起身躍向空中，追上冬犽等人的腳步，前往戰場。

墨里斯懊惱地咒罵著自己，憤憤不平地趕上。

宴客廳內。

殷肅霜揮動著大杵，靈活地跳躍閃躲。他重擊一名長著毒尾的妖魔，驚險地閃過對方踩上吧檯，揮杵，把檯上的一整排空酒瓶擊碎。迸射的銳利碎片，刺入了對手的身體裡，引起一陣哀鳴。

希茉操控著音戟，對著敵人揮刺。她的攻擊模式單調，敵人輕易地閃避而過，音戟隔著些微的距離，擦過了妖魔的手臂。

然而，音戟劃過之處，卻皮開肉綻。

他瞪大了眼。

「聲波附在上面。」希茉微笑，發了個聲，音戟尖端以肉眼難以辨識的超高頻率快速顫動，「希茉，今天狀況很好。」她笑著揮動音戟，「雪樹伏特加，喝起來是濃縮十倍的總裁的味道！」

對方不懂希茉在胡言亂語什麼。他揮掌，數十顆帶著腐蝕物質的黑色圓球，四面八方、毫無死角地朝希茉射去。

希茉完全不逃，舉起音戟，敲了下地面。音戟震出了聲波，將空中的圓球震回原位。

妖魔立即向旁一躍閃避。當他站定正要發動下一波攻擊時，銀色的音戟朝他面前襲來。

「晚安！」希茉微笑。

瑟諾叼著菸，召出了大劍，與一名同樣使劍的妖魔對戰。他懶懶散散地揮劍，懶懶散散地閃避，懶懶散散地回擊，感覺就像在應付了事。

刀光晃過，瑟諾向後一閃。看似閃過，但他嘴中的菸出現一道平整的切口，菸頭掉落地面。

瑟諾挑眉。

妖魔獰笑，「下次掉的，會是你的——」話還沒說完，就被憑空冒出的巨杵重擊腦部。

「認真點。」殷肅霜瞪了瑟諾一眼。

「喔，我盡量……」

「你繼續擺出這種態度，回去後我會請理事長把校內的吸菸區撤除，讓曦舫全面禁菸。」

瑟諾聞言，臉色驟變。

「太狠了……」他斂起懶散的態度，舉劍，以凌厲的劍路出擊。

另一頭，蘇麗綰伶俐地操控著紅繩，與使劍的終紘合作無間。紅色的繩網配合著終紘的每一道攻擊收張。有時張成屏障，化為盾，擋去攻擊；有時蜷收，讓終紘有空間出擊。

與終紘對戰的妖魔節節敗退，他便轉移目標，瞄準終紘身後的蘇麗綰，打算先斷除終紘的防禦來源。他猛地躍向蘇麗綰，手中的大刀高舉，筆直劈下。

蘇麗綰並未閃躲，而是立刻張起繩網，但動作稍慢了一步，眼看大刀即將劈落——終紘一個箭步飛身，將蘇麗綰擁入懷，朝牆邊翻去，以些微之差躲過刀光。

「妳做什麼！」終紘質問。

「我想幫你，保護你。」蘇麗綰睜眼，看向擁著自己的終紘。

她知道，這種情況下她不該笑的，但還是忍不住綻起笑靨。

「不需要！」終紘怒吼，「妳是我的主子，該是我保護妳！妳在笑嗎？」

「沒有。」蘇麗綰笑著回答。

妖魔再度發動攻擊，朝兩人衝來。

終絃打算起身攻擊，但是蘇麗綰揪住了他的衣襟，阻止他離開。

「妳——」

她頭也不回地揮手，紅繩竄起，以超高速締結成一道扎實的防護網面，擋下了妖魔的攻擊。紅繩更纏住對方的刀，沿著刀身向上攀繞，纏住了妖魔的手與咽喉。

蘇麗綰露出了個優雅得體的微笑，「現在，扶我起來。」

終絃微愣了一秒，「別任性了！」

口裡雖這麼說，但是，他的手卻伸出。

然後，像王子一般，牽起蘇麗綰的手，將她扶起。

同時妖魔斬斷了紅繩，眼看就要衝來。

但終絃的劍快一步刺出，讓對方再也沒有反擊的機會。

柳浥晨一行人追著逃散的妖魔，來到了購物中心所在的樓層。

整層商場正處於歇業時間，一片昏暗，只有遠方通道的燈亮著，供應著微弱的照明。

商場內一片安靜，妖魔們遁藏在黑暗之中，伺機而動。

冬犽和柳浥晨來到服飾店前。林立著的服裝人偶，在黑暗中看起來真假難分。

「我看到一道人影閃進這裡。」柳浥晨開口，警戒地看著服飾店內。敵暗我明，她不敢妄動。

「剛才有一隻妖魔，有擬態變身的能力。」冬犽說著，率先啟步踏入店中。柳浥晨跟在他身後。

「所以，對方有可能幻化成其中一個假人？」柳浥晨瞇起眼，盯著身邊的人偶。

「有可能。或許不只一個。」

「了解。」柳浥晨狂妄地笑了笑，同時揮動大槌，擊碎了三個假人。看來，她打算把所有的假人都打壞，揪出妖魔。

冬犽微笑，「不需要那麼費事。」他揮手，一陣風颳起，掃過整間服飾店。

風拂過之處，在所有假人身上都劃出一道細小的刮痕。其中一尊假人的手臂，流下了一滴綠色的血絲，隨著微風，被帶回冬犽身邊。

冬犽再度揮手，風刃朝著那尊假人射出。

假人發出一聲哀鳴，接著現出原形，朝冬犽與柳浥晨襲來。

兩人立即反擊。冬犽衝上前，手臂上隱藏著的符紋顯現，流轉著妖力，圖紋自手臂上立起，化成短刃的樣貌。

冬犽揮臂，銳利的咒刃伸長，刺向敵人。

就在這時，放在一旁的造景植物忽地飛起，化成妖魔的樣貌。

柳浥晨藉著槌柄施力，像是在撐竿跳般向前一躍，在空中翻身，落下時，腳跟重擊妖魔的腦門。

冬犽回頭，看向柳浥晨，「非常完美的飛踢。」

柳浥晨拉起裙襬，優雅地點了下腳尖。

妖魔向店外奔跑，打算轉移陣地。冬犽與柳浥晨跟著衝出，當他們快要追上對方時，突然從兩方閃出了四道身影。

隱藏的妖魔同時現身，漾著殘酷的笑意，向柳浥晨與冬犽逼近。

六對二。

一道長鞭忽地甩落，金色的芒刺炸散而出，妖魔紛紛退開。同時，帶著火燄的拳頭猛烈擊來，朝每隻妖魔的身上招呼過去。

百嘹和墨里斯現身。

「抱歉，來遲了。」

冬犽看著渾身濕透的百嘹，「你怎麼又全身濕了……」但當他發現，墨里斯也是一身濕時，瞬間瞭然。

「至少說聲『辛苦你』吧。」百嘹苦笑，「你知道那隻愚蠢的野獸對我做了什麼嗎？」

「閉嘴！」墨里斯一邊怒吼，一邊對著敵人揮拳。

「真凶狠。明明剛才還像個泡在羊水裡的胎兒一樣無助可人，沒想到這麼快就發展到叛逆期了吶。」百嘹嘲諷。

「吵死了！臭蟲子！」

冬犽沒好氣地嘆了口氣。

幼稚……

四人對抗著六個敵手，雖然敵眾我寡，但是冬犽四人的戰力卻與對方旗鼓相當。

妖魔們無心戰鬥，只想離開。冬犽等人一邊攻擊，一邊還得防堵對方逃走。雖然未居下風，卻有種沒完沒了的感覺。戰況陷入膠著，就看哪一方的體力先耗盡。

一隻妖魔找到四人防守間的空隙，趁機竄逃而出。

然而走沒幾步，便被從天而降的數道箭矢擋住去路。

「我們來囉！」伊凡笑著開口。

一旁的伊格爾拉弓，準備發動第二波攻擊。

六對六，情勢扭轉。

被圍攻的妖魔互看了一眼，發動全身的妖氣。半妖化的形體再度改變，化為全然的妖魔型態。原本尚帶有半分人樣的妖魔，此刻完全看不出任何人類的特質。若不是那黑金色的徽章仍緊緊地嵌在他們左胸上，根本無法認出對方就是原本在晚宴上談笑的貴賓。

全妖化後的妖魔以妖力、生命力為燃料，身上的傷口快速復原，妖力增強，攻擊力加倍。然而，撐不了多久。

這是最後的困獸之鬥。

十六樓，黑金套房區。

倀狟與宗蜮、封平瀾雙方對峙。倀狟手中握著兩把匕首，其中一把匕首的前端微彎成勾狀。他總是用這把匕首勾出對手的肝。

倀貊揮刀，疾速向前衝來，揮刀的同時，刀尖隨之甩出暗紅色的燄光，朝著面前的人射去。

宗蜮誦了聲咒語，從腰間的暗袋拔出尾端綁著符簽的鏢，朝著對手甩拋而出。

鏢尾上的符在空中張起屏障，擋下了倀貊的火，鏢尖則朝著倀貊的腦門射去。

倀貊完全不閃躲，舉起匕首，向前一劃。

飛射而來的符鏢在空中被斬為兩段。

……實力差太多了……

宗蜮在心裡暗忖。他看著身旁的封平瀾，封平瀾已拔下頸墜，黑曜石化成石劍，他手握著劍，嚴肅地瞪著倀貊，不敢妄動。

就靠那把劍嗎？宗蜮暗自挑眉。

為何不先張起防禦，不使用咒語？是太蠢，太有自信，還是緊張到慌亂了？

還是說……

他根本就不會……

「小蜮兒，小心！」封平瀾見倀貆將有動作，也不顧雙方實力相差多少，竟握劍向前，想要護在宗蜮前方。

笨蛋！

「走開。」宗蜮用肥胖的身軀把封平瀾撞到一旁，接著快速抽出符令，拍掌。

六道符令化為有著尖爪的黑色小鬼，朝倀貆飛去，發動攻擊。

倀貆冷笑，揮刀，在瞬間將六隻小鬼的頭斬落，動作快到沒人看得出他是何時出手的。

宗蜮陰沉地看著倀貆。

看來必須出狠招了。

他看了封平瀾一眼，低語，「離我遠一點……」

他低喃咒語，身上的妖氣加重，渾身泛起紫色的微光。接著，他開始變形。

肥胖的身軀，背後突張起有如蜻蜓般的翅翼，透薄的雙翼閃爍著虹光，看起來詭異而美麗。他的雙眼轉變成螢光綠，雙手與雙腳拉長，手指、手肘的關節處，冒出了銳利的刺角。

倀貆看著宗蜮的變化，輕蔑地諷笑，「明明是人類卻有著妖魔的力量，你究竟是什麼樣的怪物？」

「殺了你的怪物。」宗蜮低吼，腳後跟一蹬，朝著倀貊衝去。

倀貊揮刀，左右開弓，狠毒地往宗蜮的身上刺去。

宗蜮以關節上的硬刺擋下攻擊，接著膝蓋用力向前頂，擊向倀貊的腹部。

倀貊向後退了一步，但看起來沒受到太大的影響。他冷笑，臉部也開始變形，平整的牙齒化為一口銳利的獸牙。他張嘴，朝著宗蜮用力咬去。

宗蜮振翅向上飛，同時在空中對著倀貊扔出符令。符令落地便爆裂，激起一陣煙霧。

趁這時刻，宗蜮俯衝，長著長刺的雙肘用力向下揮擊。

他擊中了倀貊，在倀貊的腹部留下了兩個血窟窿。

有勝算……

當宗蜮心中閃過這念頭時，被擊倒在地的倀貊勾起了冷笑。

「就這樣？」

宗蜮感覺不妙，再度振翅想要向後退離。但倀貊的速度更快，他伸出獸化的指爪，扯斷了宗蜮的翅膀。

宗蜮抽出符鏢回擊，但對方輕鬆閃過。倀貊張開那長滿利齒的大嘴，朝著宗蜮的頸子咬下，接著鬆嘴，有兩顆尖牙刺留在宗蜮的頸上。

倀貆的毒牙快速再生，他發出刺耳的笑聲，彈指。刺在宗蜮頸上的牙爆裂，燃起暗紅色的火燄。

「小蜮兒！」封平瀾驚呼。

「現在輪到你了。」倀貆走向封平瀾，輕笑，「你看起來很弱。和那胖子完全不能比，你是他的契約者嗎？那傢伙到底是人還是妖？」

「他是我朋友。」封平瀾握著劍，冷靜地開口。

倀貆不以為然地發出一陣冷笑，朝封平瀾揮刀。

封平瀾仔細地觀察著對方的動作，然後抓準時機，舉劍。

金屬碰撞聲響起。封平瀾的劍，擋下了倀貆的攻擊。

倀貆挑眉，似乎有點意外。

「看來你並不像外表那麼弱。」

「因為我有個又帥又厲害的教練。」

封平瀾再度揮劍，倀貆舉刀防禦。但封平瀾瞄準的目標，不是他上半身的要害，而是他的腳。

封平瀾猛地蹲下，揮劍橫掃。倀貊即時躍起，但劍尖仍劃過了他的腳踝。

倀貊惱怒。

封平瀾趁這時候扶起倒在一旁的宗蜮。宗蜮身上的火已經熄了，但對方動也不動，讓封平瀾非常緊張。

「小蜮兒，你還好嗎！」

「……走開……」宗蜮微弱地開口。「自己快逃……」

倀貊再度發動攻擊。

「你，躲在我後面，拿我當盾，逃走……」宗蜮努力地出聲指示。

「我才不會做這種事！」

「你不懂，你走，不用管我……」

倀貊將手中的匕首朝著封平瀾的腰部拋射而出，打算挖出對方的肝。

封平瀾趕緊閃避，躲過了要害，但匕首刺中了他的大腿。

鮮血自刀口湧出。

封平瀾跌坐在地。他想把刀拔下，但他知道這麼做的話會失血更快。

倀貆一步一步走近，他用力地吸氣，像是在品嘗什麼芬芳的香氣。

「鬧劇結束。」他笑著走到封平瀾面前，勾起殘酷的笑容，「放心，在我問出你們的來歷之前，我是不會讓你死的。」

他的手正要伸向封平瀾時，地面的影子忽然扭曲，猛地立起，在封平瀾面前築起一道護牆。

倀貆愣愣。同一時間，兩把劍從影子裡刺出。他想閃避，但那雙刃的劍路變化太快，一瞬間便在他的手臂上留一道口子。

倀貆向後退，盯著影子。

影子中，現出了一道頎長而冷峻的身影。

奎薩爾一出現，整個空間便出現了厚重的壓迫感。他回頭，淡淡地望了封平瀾一眼，看見對方的腿上插了一把刀，大量的鮮血將褲子染成殷紅。

難以遏止的憤怒自心底湧現。連封平瀾都可以感覺得到奎薩爾的怒意。

奎薩爾咬牙，撇過頭，瞪向倀貆。

倀貙握著匕首，他舔了舔尖牙，看著奎薩爾，「你看起來相當眼熟……」

奎薩爾不語。地面上的影子再度晃動，捲向倀貙。

倀貙躍起，接著召出火燄，暗紅的火在地面燃燒，將影子壓下。他對著奎薩爾連續揮刀，奎薩爾從容地擋下，以更為凌厲的劍術反擊，瞬間就斬落了倀貙的一隻手臂。

倀貙發出哀鳴。他瞪著奎薩爾，接著張口大吼。四顆帶著燄咒的巨大尖牙，朝著奎薩爾射出。

奎薩爾輕輕揮劍，四顆毒牙在空中被斬成碎片。

倀貙瞪著奎薩爾，對方一步一步地向他走來。地面上的影子再度祟動，將火燄吞噬。

他感到恐懼。

倀貙咬牙，猛地躍起身，朝一旁的房門撞去。

門扉被撞開，倀貙奮力地奔入，一路穿過房間，撞破落地窗，躍向夜空。

實力懸殊，逃，是唯一的活路！

奎薩爾走向窗邊，冷冷地望向倀貙，也不追上。

數十道落雷橫空劈落，朝著倀貙擊下。

「啊！」倀狟發出刺耳的嘶吼。但他仍使盡全力，連拖帶爬地奔向甲板邊緣，雙手一撐，翻身躍入海中。

奎薩爾看著消失在甲板上的倀狟。雖然對方是敵人，但他對倀狟驚人的耐力與意志力暗暗讚賞。

他轉頭，看向封平瀾。

「……晚、晚安？」封平瀾不知道該說什麼，傻傻地揮了揮手。「奎薩爾好厲害喔。」

他的臉色因失血而變得慘白，但即使是這個時候，他卻仍笑得出來。

看著那樣的傻笑，奎薩爾更為憤怒。

「你受傷了。」

「先別管我，小蜮兒他傷得更嚴重。」封平瀾轉身，看著趴在一旁的宗蜮。「你還好嗎？」他拍了拍宗蜮的身體。

這時，宗蜮肥胖的身軀忽然抖動起來。背脊處泛起了一道白光，將烙印在肌膚底下的符紋映透出來。

接著，背脊竟左右裂開，像是有道看不見的拉鍊被拉開一樣。

厚重的身軀打開後，沒有流半滴血。底下出現的，是另一層肌膚。

纖瘦而蒼白的身形自那裂縫中爬出。肥腫的身軀像是一件厚重的外衣，被那人褪卸而下。

封平瀾和奎薩爾都驚訝地看著眼前的變化。

「小、小蜮兒？」封平瀾不確定地開口，看著眼前出現的人。

對方赤裸著，身形非常瘦弱，黑色長髮披垂在身上，讓人看不出性別。

那人轉頭，不耐煩地看了封平瀾一眼。

「我就叫你先走……」

低沉而沙啞的嗓音，是宗蜮的聲音沒錯。

封平瀾發現，此時的宗蜮有種獨特的氣質，和蜃煬相似的氣質。不是長相，而是一種難以言喻的感覺。

「所以，你沒事？」

瘦弱的宗蜮走向躺在地上的肥胖身軀，皺眉，惱怒地低咒，「毀損這麼嚴重，要修很麻煩……」

「他沒事。」奎薩爾冷聲低語，「但你有事。」

「啊？」封平瀾轉頭，還來不及反應，便被一股強大而溫柔的力道，從地面橫抱而起。

「奎、奎薩爾！」封平瀾驚訝地道。「我的頭有點暈，現在應該是在作夢吧……」

「不要亂動。」會頭暈代表失血過多。這傢伙連受傷了也聒噪得要命……

奎薩爾疾步走向那被倀貊撞開的房門，走向陽臺。夜風徐來，夜影隨著星光而晃漾。

奎薩爾向空中一躍，乘著影子，向上高登，一路來到了郵輪的頂樓平臺處。

他把封平瀾放下，看著對方那插著刀的大腿。

「好像石中劍喔。」封平瀾嘿嘿傻笑，「奎薩爾，拔出這把劍，你就是英國國王囉！哈哈哈哈哈！」

「安靜……」奎薩爾的手握上刀柄，他停頓了一下，「……這會有點痛，忍著點。」

「嘿嘿嘿，這是初夜會出現的臺詞嗎……」封平瀾三八地笑了笑，「你帶給我的任何痛楚我都會承受的，哈哈……」

似乎是因為失血過多，封平瀾有些神智不清。不過，就算沒失血，封平瀾平時也是一副神智不清的蠢樣子。

奎薩爾握住刀柄，一鼓作氣地拔出。

「啊！」封平瀾輕呼了聲。

鮮血自傷口大量湧出，但在黑夜中，他不太清楚自己到底流了多少血。

他覺得有點冷，有點累，本來想開玩笑要奎薩爾趁這機會吃到飽，但是奎薩爾嚴肅而凝重的表情，讓他閉上嘴。

奎薩爾伸出手撫上封平瀾的傷口，鮮血染溼了他的手掌。

他皺眉，眼中浮現濃烈的殺意。

他不該留那傢伙活路的……

奎薩爾盯著掌心溼濡而溫熱的血，將手湊到自己面前，伸舌舔去。

久違的甘甜滋潤了他的喉嚨，滿足了他的渴望，煥發了他的靈魂。

他看著封平瀾。封平瀾沒多說話，只是望著他。

習慣了對方的聒噪，突然變得那麼安靜，竟讓他覺得不自在。

「請問……」封平瀾客氣地開口，「需要吸管嗎？」

奎薩爾在心中輕笑。

這才是封平瀾。

他將手掌再度撫上封平瀾腿上的傷口，難得貪婪地，再次啜吮著手上的鮮血。

夠了，夠多了。他克制著自己。

看向封平瀾蒼白的臉，封平瀾對著他揚起虛弱的微笑。

奎薩爾感覺心臟彷彿跳漏了一拍。

懊惱、排斥，以及他不願正視的情緒湧上，他選擇無視。

他召出影刃，劃破自己的掌心，鮮血汩汩流出。接著，他將掌心覆上封平瀾腿上的血口。

封平瀾覺得自己的傷口開始發熱，有些微的刺痛，接著有一股溫暖的感覺，像是潮水一樣流入他的體內。

奎薩爾將手移開，起身。

封平瀾低下頭，試探地戳了戳自己的傷口，發現傷口此時已癒合。

「奎薩爾！謝謝——」

他興奮地抬起頭想要道謝，卻發現空曠的夜空下，只剩他一個人。

奎薩爾已不知去向。

Chapter9

若是顏値不夠高，千萬不要一個人去調查任何可疑的東西，這是立死旗的愚蠢行爲

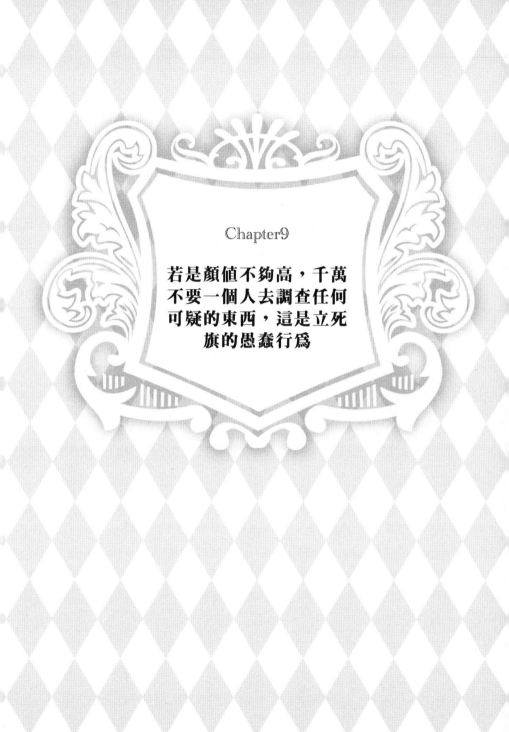

六樓大堂。警報聲持續地響著，而且越來越急促，越來越洪亮。

東尉、瓦爾各和岳望舒，三人站在位於七樓的平臺上，居高臨下地往下看。

「不停手嗎？」瓦爾各開口，「協會的召喚師已經發現我們的存在，就算將他們殲滅，但抵岸之後，也難逃追緝。」

「不需要停。」東尉仍漾著從容的笑容，「協會的走狗，不足掛慮。」

鏡石已全然變成黑色。在黑闃之中，有些東西在竄動。

一隻長著彩鱗的鳥爪自黑洞中舉起，接著，龐大的身形隨之爬出。

第一隻妖魔穿過通道，降臨人間。

隨後，大量的妖魔連續不斷地自黑色通口中爬出。

「我可以問個問題嗎？」岳望舒開口，「為什麼你要大費周章地在船上搞這麼龐大的咒語，搞到自己沒有退路？」

「空間的裂口很難找，這是目前找到最大的出入口。」

「在船上？」

「不，是在海面上空，這個位置、這個高度。」東尉踏了踏地面，「我們必須把通連的法陣對準裂縫，開通道路。」

妖魔一個接一個地自空間通道來到人界，至少有兩百隻妖魔匯聚於此。過程相當順利。事實上，這個通路向來穩定，沒出過任何意外，但他不想讓三皇子知道。這樣，他就沒有要求籌碼的藉口了。

「來了那麼多妖魔，我看你要怎麼帶他們走。」岳望舒幸災樂禍。

東尉轉頭，對他露出微笑，「我並不打算那麼做。」他走向前，對著下方的妖魔們朗聲開口。「各位三皇子麾下的勇士們，很高興你們回應了三皇子的呼召，來到了人界。」

妖魔們仰首，看向東尉。

「但是，我必須告訴大家一個不幸的消息。」東尉惋惜地開口，「你們的同袍引起召喚師的注意。目前他們正在船艙上與召喚師們戰鬥，努力彌補自己的失誤，阻擋三皇子的敵人攻來這裡。」

「讓我們上去支援。」妖魔回應。

「不行。那是他們犯的錯，必須由他們自己處理，其他人不得插手。這是三皇子下的命令。」

眾妖不語。

確實，他們的皇子的確會下這樣的命令。

「然後呢，三皇子曾說，他只需要有用的人，一個人才勝過十個庸才，他實在很討厭濫竽充數的傢伙。」

「你這是什麼意思？」妖魔質疑。

「我們還有七分鐘的時間，逃亡的船只有一艘，我們只能帶一名妖魔離開，一名出類拔萃的精英。」東尉微笑，「究竟是誰能上得了這條船呢？」

東尉說完，船艙內陷入一片死寂。

但是，有人很快地領悟東尉話語裡的暗示。瞬間，血花與哀嚎聲濺起，妖力與刀光漫舞，妖魔們開始互相廝殺。為了存活，為了活著到三皇子面前獻媚。

血腥、妖術，以及死亡的氣味，充斥此處。倒下的妖魔成為他人的墊腳石，眾人踩著屍體，製造著更多的屍體。

這就是三皇子的手下。在三皇子的恐怖統治之下，沒有道義的存在。

東尉笑了笑，「運氣不錯，我本來打算製造些小騷動，看看他們的能耐，現在更好。生死存亡之際，大家都會拿出真本事，竭盡所能地活下去。」他轉頭，拍了拍岳望舒，「你給我好好看個清楚。我的手下不需要丑角。你的壽命取決於你的價值。」

瓦爾各不懂東尉的意思。他想問，但最後忍下了。

他知道，如果問出口的話，他馬上會被推下煉獄，成為殺戮戰場的其中一員。

如果想要維持這友好和諧的狀態，就乖乖閉嘴。

東尉瞥了沉默不語的瓦爾各一眼，滿意地揚起嘴角。

「看來，你還是知道什麼時候該閉嘴的。」

岳望舒盯著那群彼此殺戮的妖魔。前一秒還是同袍，下一秒刀劍相向。

他覺得頭有點暈。

但是，出於恐懼和求生的意志，他努力振作，瞪大了眼，看著妖魔們施展出的種種咒語。

在混鬥的過程中，有幾隻妖魔向上飛升，打算攻擊東尉。然而，阻隔在東尉面前的結界，阻擋了所有攻擊。

六分鐘後，場內只剩兩隻妖魔在對戰。

東尉看了下錶，「沒時間了，還是提早結束吧。」

他彈指，朝場中的妖魔射出兩根黑釘，正中妖魔的腦門。

妖魔連哀吟都來不及發出，渾身冒出黑色火燄便倒地。

東尉低吟了聲咒語，黑色的通道化為深藍色，強勁的風自通道內颳捲而出，把地面上的妖魔屍塊吸吞而入。不到十秒，地面一片乾淨，什麼也沒留下。

「把這裡毀了。不要留下任何符紋。」東尉對著瓦爾各開口，「側邊有條小艇，我們老地方見。建議你們從七樓出去。」

「但是這裡離岸邊還很遠。」

「你可以找他幫忙。」東尉望向岳望舒，「你應該收獲不少，做為學費，就當一下小波普的助手吧。」他指了指頸子，「項圈還在，你最好聽話。」

岳望舒低咒了幾聲，只能配合。

東尉攀上內側樓梯，從七樓步出，來到了七〇七號房前。

他推開門，只見小兵正坐在沙發上，一邊聽著音樂，一邊看書。

「你回來了！」

東尉微笑，「收拾行李。」

「怎麼了？」

「我們必須提早下船。」

「現在嗎？」

「是的。」

小兵也沒多問，似乎早已習慣這種突發的變動。他訓練有素地拿起提袋，把重要的東西一一丟進袋裡，拉上拉鍊，扣上扣環，背上背包。

「好了！」

東尉推開房間裡側的暗門。那裡有個暗道滑梯，直達底層他停放私人小艇的位置。

「太酷了！」小兵看著暗道，「我覺得自己好像蝙蝠俠！」

「那麼，我是你的羅賓嗎？」

「不對，你是阿福。」

東尉笑了笑，扶著小兵跳入通道之中，搭上了他的快艇。

快艇發動，迅速地駛離郵輪。

在離去之前，東尉拿起了身上的徽章，湊到嘴前，低誦了聲咒語。

「感謝你們的好運吧，召喚師。」

船艙內部。

宴客廳與購物中心兩處，妖魔們正與影校召喚師激鬥。

忽地，戰鬥中的妖魔同一時間停下了動作。他們摀住左胸，發出了淒厲而刺耳的鳴叫聲。

影校的人馬停下攻擊，戒備地看著敵手的變動。

妖魔們的徽章忽地爆裂，在心臟的位置炸出黑色的火燄。

妖魔紛紛倒地，黑色的火燄瞬間將龐大的身形包裹，在短短幾秒內將之化為灰燼。

眾人微愣，對這突發的轉變感到莫名其妙。

「似乎是結束了。」璁瓏鬆了口氣，「太好了……唔！」他感到一陣強烈的暈眩，接著狂嘔。

船，再度開始航行。

看著化為粉塵的妖魔，殷肅霜卻笑不出來，眉頭深深皺起。

這不是好現象……

顯然，真正的幕後主使已經棄這些卒子離去，並毀屍滅跡，不留下線索與證據。

對方比他想像得還狡猾難纏。

殷肅霜交代希茉等人，安置傷患並給予暗示，同時通知協會的維安人員在岸邊待命。

「清原謙行呢？」殷肅霜忽地開口。

「不知道，他沒出現。」冬犽回答。

「該不會已經遇害了吧？」瑟諾開口。

殷肅霜拿出手機，撥打清原的電話號碼。

六樓，走道。

正與結界和攻擊咒語搏鬥的清原，踹開了一隻低階游離妖，接起電話。

「您好。」

「清原先生，您人在哪?還好嗎？」

「我很好，我在我房間附近。抱歉，本家一直打電話來，催促我決議一份商業合約。怎麼了嗎？」

「……沒事，您安全就好。」殷肅霜掛掉電話。

清原繼續奮戰。

忽地，咒語的力道大幅度減弱，浮游妖魔失去了暫有的形體，變回了無形無貌的狀態。

發生什麼事了？

清原向前走了幾步。設在走道上的防禦與攻擊的咒語變得疲軟不堪，像是電力不足的電器用品，過沒多久便不再運作。他隨意地轉了轉房門門把，是鎖著的。他試著把房門撞開，但施力後，發現門後是實心的牆，根本無法開啟。

他一間一間地試，一間一間地敲，最後敲到了一間聲音不一樣的門板。

他丟了個咒語破壞門鎖，接著將門推開。

門後，是空蕩蕩的一個巨大空間。空氣裡，有著濃烈的死亡氣息與妖氣，但是裡頭什麼也沒有。

地面上有一大灘水，均勻地覆蓋在整個廳堂的地板上。

清原看著水灘，拔了根頭髮扔下。頭髮在觸碰到水面時被腐蝕融化。

他挑眉。

他看著地面上的水灘緩緩地浸透到地面之中，最後消失。留下一大片被侵蝕過、滿室腐痕的石板地面。

真夠絕的……

不管這裡發生了什麼事，什麼都沒留下，什麼都清除掉了。

清原長嘆了聲，轉身離開。

希望倀貊不是死去的妖魔之一，要不然這趟旅程就空手而歸了……噢，不，不會空手而歸，至少他還有亞歷斯先生。

清原返回到房間所在的樓層，走向工具室。

打開門，發現裡頭的推車竟已不翼而飛。

他苦惱地撫額。

這下麻煩了……

殷肅霜一行人安置好傷患與目擊者，並下了暗示，以恐怖攻擊為由，解釋了晚上的騷動。

接著眾人開始清理妖魔留下的痕跡。這部分其實很容易，因為所有的妖魔都化成灰了。

只有被肢解的亞歷斯仍保留全體。

一行人回到了殷肅霜的房間裡，回報情況。當眾人看到宗蜮的樣貌，全都詫異不已。

「不准說出去……」宗蜮陰沉地警告。他穿著原本尺寸的衣服，過度寬鬆的襯衫垂掛在瘦小的身子上，看起來像連身裙似的。

「所以，你是男的還是女的啊？」伊凡好奇地打量。

宗蜮發出不屑的輕哼。

「竟然有辦法把妖魔改造成這樣。」百嘹等人看著那癱坐在角落、動也不動的軀體，嘖嘖稱奇。

宗家的獨門絕技，隱而不傳的神祕咒術，竟是直接把妖魔改造成鎧甲，穿在身上。難怪宗蜮的身上帶著妖氣。

「他死了嗎？」冬犽開口。

「他壞了。」宗蜮冷聲回答。

「他有自己的意識嗎？」墨里斯詢問。

「……他睡了。」

意識被封印的妖魔，介乎生與死之間的長眠狀態，沒有任何情緒與感覺。

只是，偶爾會在他腦子裡發出噪音

「小蝛兒真酷！好像鋼彈喔！」封平瀾興奮地開口。

宗蝛轉頭，看著封平瀾的腿，「你腳上的傷還好嗎？」

「已經好了！」封平瀾用力地跳了兩下。

「你們敘述的妖魔，不在黑金級房客的名單裡面，他也沒出現在宴客廳。」殷肅霜開口。

「是喔……」

「然後，你們發現的屍塊，黑金級房客之一的亞歷斯，死亡時間是昨天晚上。」

百噂挑眉，「亞歷斯？」

「怎麼了。」

「沒什麼……」百噂笑了笑，默默地在心中思索。

「亞歷斯的死因，我們回去會請人做詳細鑑定。」殷肅霜深吸了一口氣，宣告，「這次任務，就此結束。」

郵輪抵岸後，立刻被協會的人接管。

除了殷肅霜一行人，其他旅客和工作人員，都被協會的警備人員一一隔離盤問。

他們指派的發言人，對媒體說出了捏造的謊言，以恐怖分子施放迷幻藥、攻擊遊客為由，解釋這場騷動，給了個世人能接受的真相。

封平瀾在抵岸後，便搭上飛機，返回家園。

他本以為大家都會一同回去的，但是蘇麗綰、伊格爾雙子及宗蜮，都得各自返回老家。只有柳浥晨、海棠和兩位老師與他們同路。

在機場上和同伴道別時，封平瀾有一點點失落。

長假真的開始了。

抵達半山腰上的洋樓時，已是夜晚。忙了數日，終於回到了能讓他們安歇的地方。

「終於到家了……」墨里斯轉了轉筋骨，坐入沙發，發出滿足的嘆息。

接著他拿起遙控器，轉到了自己愛看的頻道。一打開，便出現貓咪打鬧的畫面，這讓墨里斯龍心大悅。「還是家裡好。」

「你已經把這裡當成家了？」百嘹輕笑。

墨里斯頓了頓，「不要挑我語病……」

「那麼，來聊聊你落水時的醜態吧。」

「閉嘴！」

深夜，海棠的房間傳來搬動物品的吵鬧聲。

封平瀾好奇地走到海棠的房間前，推開門，發現海棠正在收拾東西。

「你還不睡啊？」

「我訂了機票，明天要回宗家一趟。」

「少爺，還是讓我來幫你吧。」曇華站在一旁，著急地開口。

「不需要。」

「但您收拾得不夠確實，只顧著帶遊樂器。」曇華從衣櫃裡拿出一條四角褲，「您不帶換洗的衣褲嗎？宗家那裡雖然有您的舊衣服，但我記得您總是嫌三角的穿起來不舒服……」

海棠一把搶下曇華手中的四角褲，「我自己會收！妳出去！去休息！」

看著海棠，曇華長嘆一聲，「少爺，若是有需要就叫我一聲，我在外面。」

曇華離開後，海棠繼續亂無章法地把東西扔進行李箱中。

「你也要走喔？」

「廢話。」

「那麼，」封平瀾踏入了一只大行李箱，縮躺在裡頭，「帶我一起走吧！哈哈哈哈！」

海棠挑眉，「你寒假也留在這裡？」

「是啊。」

「不回老家？」

封平瀾笑了笑，低喃，「一個人住的地方，稱得上家嗎？」

「你說什麼？」

封平瀾微笑，「我是說，我家很開明，我能自己照顧自己，住哪裡都行。」

海棠看著封平瀾，沒好氣地搖了搖頭，繼續自己的動作。

幾個小時後，清晨時分，海棠在半夢半醒間，搭上了前往機場的專車，離開了公館。

寒假不用去學校，沒有日校的課業，也沒有影校的活動。

封平瀾突然覺得時間變得很多，完全不知道要做什麼。平時他偶爾和璁瓏打打遊戲，和冬犽出去買東西，或是陪希茉一起去租書店。

他也會和墨里斯去慢跑，只是有時候墨里斯會支開他，自己轉入小巷之中，不見人影。

但封平瀾知道，墨里斯是帶著貓糧去餵貓了。因為冬犽最近總是嫌墨里斯衣服上有一堆貓毛，很難處理，就算洗過了也會黏附在衣服上。

「他乾脆裸奔算了。」冬犽拿著黏毛滾輪，一邊黏除墨里斯衣服上的毛屑，一邊抱怨。

夜晚，封平瀾躺在床上。隔著牆壁，感覺著牆的另一端，奎薩爾那若即若離的存在感。

他一直很討厭長假。

因為長假代表著一個人。

海棠走了，影校的同伴們也回去了。

但他不是一個人。

幸好，他的契妖們還在。

幸好，他在半年前的那一晚來到了這棟洋樓裡。

封平瀾躺在床上，翻了個身。他思考了片刻，拿起手機。

上面有小柳傳來詢問作業的訊息，麗綰的問候，伊凡傳的網路搞笑短片，和理睿請他點評的詭異情詩。

他笑著看完所有訊息。

然而，他先前傳出的某一封訊息，卻始終沒有回應。

他在期末時打了電話給靖嵐，但對方沒有接，他就傳了訊息過去。

他再傳了一次一樣的話。

「學校作業需要使用圖書館裡的資料才能完成，我可以留在朋友這裡嗎？對方也同意了，我已經住在這裡了。」

良久，傳來了收到訊息的聲音。

封平瀾驚訝不已，點開訊息。

「可以」

就這樣，兩個字。

至少打個句號吧……

封平瀾苦笑。

他撥了電話過去，但是沒人接通。

對方顯然有空，只是不願接他的電話

封平瀾沉默了片刻，又傳了個訊息過去。

「這學期我拿到榜首了喔！」

等了半天，沒有回應。

封平瀾看著手機，沉默了片刻，接著飛快地輸入了一大串字。

「其實我在學期初就妖魔訂了契約，每天都過著驚險又刺激的生活。我們前幾天還去搭郵輪，有一把刀插到我大腿上，奎薩爾舔了我的血還幫我治療！他超帥的耶耶耶耶耶耶～麗綰、班長、希茉和曇華正到爆！她們全都超愛我！臭靖嵐你羨慕嗎？你都沒有咧咧咧！」

他看著螢幕上的字，無力地嘆了聲，默默刪掉所有的字。

片刻，他再度打了一排字，送出。

「靖嵐哥，我想你。爸媽他們都還好嗎？」

沒有回應。

封平瀾皺眉，他繼續鍵入了一段文字。

「請問我做錯了什麼嗎？為什麼你要這樣冷落我？我弄壞了你的東西嗎？該不會你還在

為我弄壞你的星戰模型而記恨吧?」

封平瀾看著那段字。

雖然這樣質問靖嵐哥非常過癮,但他沒勇氣發送。他可不希望他們的關係變得更糟。

話說回來,還能更糟嗎?

封平瀾嘆了口氣。

刪掉吧……

他按下刪除鍵,但手一滑,不小心按錯,將訊息送出。

封平瀾瞪大了眼,驚叫了一聲。

糟糕!他幹了什麼事啊!他自找死路嗎!發出的訊息有辦法取消嗎?

正當封平瀾手忙腳亂時,手機再度響起訊息傳送聲。

他戰戰兢兢地舉起手機,看著上頭的訊息。

「你毀了我最重要的東西」

封平瀾錯愕,不知道該回什麼,只好按了個冒冷汗下跪道歉的貼圖發送,但看起來卻讓自己看起來更蠢更白目。

「我很抱歉。」

他傳出了這句話，但他不知道自己到底做了什麼。

沒有回應。

他看著手機，沉思呆愣了好幾秒，最後慨然地發出一聲失望又無奈的嘆息。

他很少看見靖嵐哥傳這麼情緒強烈的字句。

他發現自己並沒有想像中那麼難過沮喪。如果是以往，他會因此而消沉許久。

但現在，他並不在意。

他知道轉變的原因。

他閉上眼。

熟悉的存在感隔著牆板傳來，他感覺得到奎薩爾。

不只如此，只要仔細聽，就會聽見。

吸塵器運作的聲音，百嘹聊天的聲音，希茉看謎片的聲音，璁瓏玩遊戲的聲音，墨里斯健身器材運作的聲音……

他一個人待在房裡，但卻不是一個人。

嘴角彎起笑容。

他非常幸福。

深夜，雅努斯殯儀館來了個罕見的訪客。

「晚安。」

正在看連續劇的蜃煬抬頭，看見來者詫異地挑眉。「有什麼事嗎？」

清原微笑，「我要調閱一個已關閉的賞金任務檔案。」

「誰的？」

「紳士怪盜。」

「他已經被整個協會通緝，你們滅魔師手邊應該都有他的資料。」蜃煬勾起邪笑，「你弄丟了嗎？」

「我覺得，檔案裡的紀錄可能有些問題。」

「為什麼會這樣想？」蜃煬笑著反問，「他可是殺了兩個維安人員逃獄呢。」

「沒人知道確切的案發時間和經過，他也有可能是被挾持帶走，畢竟目擊者都死了。我想看更早以前的資料，從他第一次犯案開始調查，看是否有其他線索。」清原開口。

他會發現紳士怪盜的案件不單純，那朵紙花是關鍵。

他回去後，拆開了紙花，花上以德文寫了一段文字。

他們大肆宣揚，他們搖頭，表示悲傷，他們稱我為壞人，

而你，全然地信以為真。

這是海涅的詩句。紳士怪盜非常喜歡故作浪漫，引用詩句。這讓他更加確定，那時紳士怪盜本人也在郵輪上。

而這詩句的內容，非常引人注意。

蜃煬聳了聳肩，起身，從檔案櫃裡拿出一疊資料夾，重重地放到清原面前。

「希望你能找到有用的資料。」蜃煬虛假地笑了笑，「後來接觸過他的人都死了，希望你別步上他的後塵。」

「不。」清原看著蜃煬，「你還活著。」

蜃煬不以為意，笑著反駁，「我可是目送維安人員押著他離開呢。」

「沒人能證實。」

蜃煬笑得更燦爛了，「是啊，沒人能證實。」所以，也沒人能證明他說謊。

清原盯著蜃煬，微笑，「你很有趣。」

「謝謝。」

清原翻了翻厚重的檔案冊，在最後的紀錄裡，看到封平瀾的名字。

「是影校的學生逮到他的？」

「是啊。」

「他們經常來接任務？」

「『經常』的定義是？」蜃煬反問。

清原沉默了片刻，「把封平瀾接手的案件檔案，全部調給我。」

蜃煬挑眉，「你是痴漢嗎？我是否應該報警？」

「還有，以殷肅霜名義接下的任務檔案，也調給我。」

蜃煬在心中暗罵了聲，但是臉上仍帶著笑容。

「你知道現在幾點了嗎？我可是沒有加班費可拿的吶……」

「因為你不是在上班。」清原笑著回答，「你是在服刑，為了你犯下的罪孽。」

屜煬瞪了清原一眼，甩頭，踏著不悅的腳步前往檔案櫃。
自找死路的蠢傢伙……
屜煬在心底冷笑。
也好。他已經對這戲有點膩了。
變個戲法，讓整齣戲快一點步向終章吧。

曦舫學園。
聖堂，理事長辦公室。
「協會對於這次的行動非常滿意，他們表示近期內必定會給予我們嘉許狀。」理事長對著殷肅霜開口，臉上卻是嚴肅的神情。
「發生什麼事了嗎？」殷肅霜看著理事長，察覺情況似乎有異。
「協會滿意的是，我們找到了亞可涅郵輪走私違禁品，他們在船上找到了大量的屍花曼陀羅。」
殷肅霜愣愣，「只有這樣?那些東西是我們帶去的，只是為了讓他們有合理藉口上船。」

理事長不語。

「船上的妖魔呢？」

「除了你們交出的那一具屍體以外，他們沒有看到其他妖魔存在。」

「那是因為被燒成灰了。」

「船裡雖然有些可疑的地方，但還不足以構成深入調查的理由，也不足以證明賀爾班家族是否和不從者或其他妖魔有所掛勾。」

「那些妖力和咒語的痕跡呢？」

「因為施咒的妖魔已化成灰，所以無法鑑定，那些咒語是敵人施展的，還是我們的人施展的。雖然說，可以先檢測我方的召喚師與妖魔，交叉比對就能知道那些不是你們所放出的咒語。」理事長嘆了聲，「但我們不可能將封平瀾與他的契妖交出去檢測。」

殷肅霜眉頭深鎖，沉默不語。

顯然，協會裡也被對方的勢力滲透了。

組織裡有叛徒。

「那麼，你的上主說了些什麼？」殷肅霜無力地開口，「神諭有什麼啟示？」

理事長將手搭在桌面上那有著厚重皮革封面的古老經卷，「祂告訴我很多，但都不是好事……」

他翻開封面，指頭擱在書卷上，向旁一滑。

兩段文字飄出紙頁，泛著金光，浮在空中。

——因為那不法的隱意已經發動，只是現在有一個攔阻的，等到那攔阻的被除去，那時這不法的人必顯露出來。

——有獅子從密林中上來，是毀壞列國的。牠已經動身出離本處，要使你的地荒涼，使你的城邑變為荒場無人居住。

毀壞列國的獅子……

綠獅子……

殷肅霜蹙眉。

「鈴鈴！」手機聲響起。

殷肅霜說了聲抱歉，拿起手機，看了一下來電顯示，「是蜃煬。」

理事長的手覆上聖書，飄浮的文字消失。

「接吧。」

殷肅霜接通電話，「有什麼事？」

「嗨嗨，殷老師，是我。」蜃煬的聲音從電話彼端傳來。「你在做什麼呢？我是否打擾到你和女友溫存？雖然你根本沒女朋友！哈哈哈哈哈！」

「你打來只是為了說些？」

「噢噢，當然不是。」蜃煬發出刺耳的笑聲，「剛剛發生了件有趣的事，我迫不及待地想告訴你。想知道嗎？」

「別浪費我的時間……」

「好啦好啦。」蜃煬笑了笑，「有個人在調查你和你的學生們，你最好小心點，你們的小祕密要是被發現可就不好囉！還不快感謝特地來通風報信的我！」

殷肅霜臉色一凜，「……是誰？」

蜃煬發出了一段吵雜的音效，停頓了一秒，戲劇性十足地鄭重宣布。

「清原謙行。」

Epilogue

齒輪嵌合，接著便朝終結加速轉動

花都的冬夜，下起了陰溼的雨。

位於璀燦都城的華樓裡，來了個不速之客。

缺了條手臂的倀貆，身上包著繃帶，直闖三皇子所在的殿宇。

「我有急事回報。」倀貆狼狽而焦急地開口。

三皇子啜了口茶，挑眉看著那冒失的闖入者。

「我從東尉那裡聽說失敗的事，也知道召喚師插手干涉。」他撐著頭，笑看著倀貆，「說些我不知道的東西吧。」

「是奎薩爾，我看到奎薩爾了！」倀貆憤恨地吐出那令他痛苦不已的名字。

三皇子臉色驟變。

手中的骨磁杯，瞬間粉碎，變成砂一般的白色粉末，隨著闇紅色的茶水流到地面。

「你確定？」

「我認得他的招式，能那樣操控雷電和影子的，只有奎薩爾！」倀貆篤定地回答。

「只有他一個人？」

「我只看見他，而且，他和召喚師是一伙的！」倀貆說著那晚所見的情景。

三皇子的臉色越發陰沉。

不安和焦躁，讓他如芒刺在背，如坐針氈。他不知道奎薩爾為什麼會和召喚師聯手，以奎薩爾的個性，根本不可能臣服於雪勘以外的人，更別提人類！

或許是召喚師們找到了雪勘，以此作為要脅，讓奎薩爾聽令……

奎薩爾不把召喚師放在眼裡，但若雪勘還活著，那就另當別論了。

他必須把更多的士兵轉移到這裡。

但是，東尉說結界不夠穩定。本次全軍覆沒，無人順利來到人界。

三皇子沉思片刻，咬牙，做下了他不願做的決定。

看來，只有一個辦法了……

「不曉得三皇子找我有什麼事？」東尉撐起疲憊的笑容，站在三皇子面前，「若是要找我興師問罪的話，您可能要排隊了。」

亞可涅郵輪的事件，雖然他全身而退、沒留下半分線索，但是因為船上的那兩大箱屍花曼陀羅，讓協會的人有理由介入調查，害他們不能明目張膽地動手腳。

財物的損失，加上被協會盯上，害他被西尉狠狠地削了一頓。聖女也不理他了，因為他壞了她的出遊計畫。送了再多的小兔子過去，那驕縱的小公主也不領情。

時運不濟吶……

「……我答應你的要求。」

「嗯？」東尉微愣，一時沒領會三皇子所指為何。

三皇子張開手，一顆閃爍著虹光的晶石，飄在他的掌心。

「我借你皇族靈鑽。」三皇子凜然下令，「把我的軍團全部移來人間！」

東尉眨了眨眼，露出了深深的笑靨，「感謝您的鼎力相助！」

啊，這就是所謂的否極泰來嗎？

看來，也不是完全沒好事發生吶。

夜晚。

雅努斯殯儀館，再度來了個訪客。

來去靜默無聲，有如夜影一般的訪客。

奎薩爾留在雅努斯的影式神，接到了蜃煬的訊息，要他前來一趟。

蜃煬笑嘻嘻地看著奎薩爾，「郵輪之旅有趣嗎？你看起來容光煥發，是吃了什麼好料？我有幸和你一起分享嗎？」

奎薩爾沉默，瞪著蜃煬，等他說完廢話。

「你真無趣。」蜃煬翻了翻白眼。

「你要告訴我什麼？」

「我知道誰可以告訴你雪勘皇子的下落。」蜃煬笑著開口。

奎薩爾微微一震，「你確定？」

「對。只不過，這個人有點難找，我也是費了番工夫，透過各種合法和非法的管道才得到的，當然，非法的多一些，呵呵！」蜃煬俏皮地笑了笑。

「……那人在哪裡？」奎薩爾無視蜃煬的冗言，追問。

「在幽界。」蜃煬笑了笑，「你得回老家一趟了。」

——《妖怪公館的新房客08》完

高寶書版集團
gobooks.com.tw

輕世代 FW203
妖怪公館的新房客08

作　　者　藍旗左衽
繪　　者　諤
編　　輯　謝夢慈
校　　對　林思妤
美術編輯　彭裕芳
排　　版　彭立瑋
企　　劃　陳煒翰

發 行 人　朱凱蕾
出　　版　英屬維京群島商高寶國際有限公司臺灣分公司
　　　　　Global Group Holdings, Ltd.
地　　址　臺北市內湖區洲子街88號3樓
網　　址　www.gobooks.com.tw
電　　話　(02) 27992788
電　　郵　readers@gobooks.com.tw（讀者服務部）
　　　　　pr@gobooks.com.tw（公關諮詢部）
傳　　真　出版部　(02) 27990909　行銷部 (02) 27993088
郵政劃撥　50404557
戶　　名　三日月書版股份有限公司
發　　行　三日月書版股份有限公司/Printed in Taiwan
初版日期　2016年9月
七刷日期　2018年11月

國家圖書館出版品預行編目(CIP)資料

妖怪公館的新房客 / 藍旗左衽著.-- 初版. -- 臺北市：高寶國際, 2016.09-
冊； 公分. --

ISBN 978-986-361-323-7(第8冊；平裝)

857.7　　105005356

三日月書版

三日月書版

GOBOOKS
& SITAK
GROUP©

GOBOOKS
& SITAK
GROUP©